万葉集の心を読む

上野 誠

角川文庫
18268

王様のくさめ

はじめに

学びて、思わざれば……

ようこそ、万葉びとの時空の旅にいらっしゃいました。わたしが、案内人の上野誠です。最初に、本書が目指すところを述べておきたいと思います。

かつての『万葉集』の入門書といえば、有名歌人の歌を年代順に解説して、『万葉集』の歌の流れを俯瞰《ふかん》するものが多かったと思います。しかし、本書ではあえてそういったオーソドックスな方法はとりません。それはなぜか……?

これまでわたしは、牛歩《ぎゅうほ》のあゆみではありましたが『万葉集』を学んできました。しかし、一方では万葉を学ぶことによって、自らの思考を鍛え、磨いてきたというひそかな自負もあります。そういったなかで、最近気づいたことがありました。それは、本を読むという行為は、実はきわめて主体的な行為であるということです。『万葉集』全二十巻、四五一六首からどういった情報を引き出すかは、ひとえに読み手にかかっているのではないか、と思いはじめたのです。

『論語』が再三にわたって強調するのは、学ぶことと、思うことの大切さです。『論語』のなかでは、それは等しい価値を持つものとしてとらえられています。「学ぶ」とは、師や先人から何かを受け継ぐことです。多くの場合、真似をすることによってそれが受け継がれます。「思う」ということは、自らが主体的に考えるということです。もちろん、学ぶことが危うくては、思うこともおぼつかないのですが、近代においては思うことをことのほか等閑視しているような気がしてならないのです。たとえば……。

今、『万葉集』を読むということ

江戸時代の官学は、男女の別を厳しく説く儒教、そのなかでも朱子学を喧伝しました。一方、『万葉集』をひもとくと、おおらかな恋歌の世界が広がっているではありませんか！　朱子学を学んだ江戸時代の知識階級は、『万葉集』に、日本の古代に存在したおおらかな恋愛文化を発見したのでした。ところが、『古事記』や『万葉集』にも、儒教文化の影響は見られるのです。

外来の儒教文化に対して、『古事記』や『万葉集』を日本文化の代表として位置づける読み方は、実は江戸時代の読み方なのです。ここから学ぶべきポイントが一つあります。古典の読みというものは、その古典が読まれた時代を反映するものだ、という点です。ならば、現代には現代の、現代人には現代人の『万葉集』の読み方があってもよいのではないでしょうか？

万葉びととの対話

地球規模で考えねばならなくなった環境問題、国際社会にどう日本人の宗教観を説明するのかという文化摩擦、男女間の新しい関係を築く必要に迫られている職場と家庭のあり方、労働と余暇をめぐる新しいライフスタイルの模索、そしていちばん大切な家族の絆《きずな》。それらにまつわる悩みを抱えているわたしたちが、『万葉集』を読んだときに何が見えてくるのか、わたしはそういうことを念頭において万葉の世界を語ろう、と思います。

輪をつないで鎖を作るように語る

そこでわたしは、十三の問題を設定して、『万葉集』を読むことにしました。E・H・カーという歴史家は、歴史を「過去との対話」と位置づけ、歴史研究の主体が史料を読む側にあることを強調しています。わたしはカーに倣《なら》って、万葉歌を読むことを「万葉びととの対話」として位置づけます。「女性と労働」「労働と家族」というテーマで万葉びとと対話をしたら、いったいどういった答えが返ってくるのか？　そう、想像しながら万葉の世界を語ってゆくことにします。

ために、わたしは、輪をつないで鎖を作るように、万葉の世界を語ってゆきたい、と思うのです。二十一世紀を生きる読者の皆さんひとりひとりが、万葉の世界の一端に触れ、万葉を学び、万葉の世界を思うことを目途《もくと》として。

万葉集の心を読む　目次

第一章　現在と都市

キーワード

ミヤ（宮）／ミヤコ（都）／ヒナ（鄙）／ヰナカ（田舎）
ミヤビヲ（遊士）／万葉歌の舞台

フランスの歴史はワインの歴史

奈良に赴任して、二十年。わたしは、万葉の旅を志すさまざまな方々を案内してきました。二〇〇六年には、日本通で知られるフランスの上院議員の長老ジャック・バラードさんも案内しました。バラードさんは、仏日友好議員連盟の会長でもあります。お別れするときには、丁寧な謝辞とともに、お礼にと、あるものをいただきました。「これは、フランスの土と水と太陽で作った液体です。しかし、それだけでは、この液体はできません。なにせ、この液体には、フランスの歴史そのものが込められていますから。ご案内していただいた明日香《あすか》には歴史の古さでは負けますが……」と。勘の悪いわたしも、ここまで聞くと、何だかわかりました。皆さんも察しがついたことでしょう。ワインです。続けて彼は言いました、「フランスの歴史は、ワインの歴史です。ワインを飲んで歴史と対話してください」と。さすが、おしゃれな国ですね。

冒頭にこんな話をしたのは、ほかでもありません。ワインを味わうことも、『万葉集』の歌を味わうことも、ともに歴史との対話だ、と思ったからです。

「ミヤ」と「ミヤコ」と

そこで、まずは万葉歌の舞台について、考えてみましょう。万葉歌の舞台を考えるために最初に考えなくてはならない言葉は、「ミヤコ」です。ですから、「ミヤ」と「ミヤコ」の話からはじめます。

建物のことを日本語では「ヤ」といいますね。これは、現代語も古代の言葉も同じです。「小屋」「八百屋」「我が家」の「ヤ」です。その「ヤ」に「ミ」を冠した言葉が「ミヤ」です。ですから、「ミヤ」という名詞は、建物を表す「ヤ」に、尊敬の接頭語「ミ」がついたかたちということになります。尊敬される者とは誰か？　それは神か、天皇でしょう。「ミヤ」のあるじは、神や天皇ということになります。したがって、神や天皇・皇族の住まいを「ミヤ」というのです。天皇がお住まいになる宮殿も、神のいます神殿も、「ミヤ」と呼びますよね。その名詞「ミヤ」を動詞として活用させたのが、上二段動詞「ミヤブ」です。「ブ」はそれらしくするという意味を添えて動詞を作る接尾語である、と考えるとわかりやすいかもしれません。この動詞「ミヤブ」の連用形が、「ミヤビ」なのです。だから、「ミヤビ」というのは、ミヤ風の、宮廷風の、という意味になります。ですから、「ミヤビ」は、上二段動詞「ミヤブ」の連用名詞形ということができます。

また、「ミヤ」に、場所を表す「コ」という接尾語を付けた言葉もあります。「ミヤコ」という言葉です。つまり、「ミヤコ」とは「ミヤ」のある場所とか、「ミヤ」の周辺を示す言葉なのです。ですから、「ミヤコ」という言葉は、本来、天皇がいる場所を示す言葉だったのです。こういった本来的な「ミヤコ」という言葉の使い方を、現在に伝えてくれている歌が、巻一に残されています。

額田王《ぬかたのおほきみ》の歌〔未詳〕

秋の野の
み草刈り葺《ふ》き
宿れりし
宇治《うぢ》のみやこの
仮盧《かりいほ》し思《おも》ほゆ

秋の野の
萱草《かやくさ》を刈って屋根を葺き
宿とした
宇治のみやこの
仮の庵《いおり》のことが思い出される

（雑歌　巻一の七）

この歌は、かつて天皇が旅をした宇治の地の宿のことを、後の時代に思い出して作った歌です。わたしが今、注目したいのは、まず宇治での天皇の宿舎が「茅葺《かやぶき》」の「仮盧《かりいほ》」だった、と歌われていることです。「仮廬」というのは、読んで字のごとく仮に作った小屋で、常の住まいとする建物ではありません。旅や農作業において宿るところがない場合に、仮寝のために臨時に作る建物をいいます。

したがって、臨時の仮宮《かりみや》であっても天皇が宿泊すれば「宇治のみやこ」という言い方をするということがわかります。つまり、天皇が旅をして泊まれば、その地は「ミヤコ」になるのです。古代の天皇は、とにかくよく住むところを変えます。また、よく旅をしました。

「ミヤ」と天皇との深い関わり

わたしは、「ミヤ」を作ったり「ミヤ」を遷《うつ》したり、「ミヤ」に行幸《ぎょうこう》したりすることが、古代の天皇のもっとも大切な仕事ではなかったのか、と現在考えています。また、天皇が御代《みよ》がわりすると新しい宮を建てるので、「ミヤ」と「ミヤコ」は次々に遷り変わります。これを歴史学では「一代一宮制《いちだいいちぐうせい》」と称することがあります。天皇が旅をすると、その地には先ほど見たように「ミヤ」が作られ、「ミヤコ」ができます。

ですから、『古事記《こじき》』や『日本書紀《にほんしょき》』を読むと、天皇が行った仕事、すなわち事績の第一番目に、「ミヤ」についての記述がなされるのです。『古事記』では、天皇について記述する場合、名前の次に、どこの、どのような「ミヤ」にいて政治をしたのか、どういう宮を作ったのか、ということを記すきまりになっていたようです。これは『古事記』の基礎資料になったと思われるいわゆる「帝紀《ていき》」にも、天皇と「ミヤ」との関係が記載されていたからだ、と考えられます。『古事記』中巻から、三人の天皇について記した部分の冒頭を、ここに掲げてみることにします。

御真木入日子印恵命《みまきいりびこいにゑのみこと》、師木《しき》の水垣宮《みづかきのみや》に坐《いま》して、天《あめ》の下を治《をさ》めき。（崇神《すじん》天皇条、冒頭）

伊久米伊理毘古伊佐知命《いくめいりびこいさちのみこと》、師木《しき》の玉垣宮《たまがきのみや》に坐《いま》して、天《あめ》の下を治《をさ》めき。（垂仁《すいにん》天皇条、冒頭）

大帯日子淤斯呂和気天皇《おほたらしひこおしろわけのすめらみこと》、纏向《まきむく》の日代宮《ひしろのみや》に坐《いま》しまして、天《あめ》の下を治《をさ》めき。（景行《けいこう》天皇条、冒頭）

とあります。名前の次に、まずどこの「ミヤ」で天下を治めたのか、ということが記されるのです。なお、これらの宮の跡と伝えられる場所は、奈良県桜井市《さくらいし》にあります。ちなみに、『古事記』に記された最後の天皇である推古《すいこ》天皇についての記述もほぼ同様です。

妹《いも》、豊御食炊屋比売命《とよみけかしきやひめのみこと》、小治田宮《をはりだのみや》に坐《いま》しまして、天《あめ》の下を治《をさ》むること、卅七歳《みそとせあまりななとせ》ぞ。（推古《すいこ》天皇条、冒頭）

つまり、天皇は名前とともに、「ミヤ」によって讃《たた》えられるのです。それは、「ミヤ」を作ることが、天皇のもっとも大切な仕事だったからです。ちなみに、小治田宮の跡は明日香村にあり、その遺構を見ることができます。

以上のような観点でみてゆくと、万葉歌にも、天皇が「ミヤ」を建てたことを讃える表現が多くあることがわかります。その一つを柿本人麻呂《かきのもとのひとまろ》の歌から一部分、紹介しておきましょう。

吉野宮《よしののみや》に幸《いでま》せる時に、柿本朝臣《あそみ》人麻呂が作る歌

やすみしし　我《わ》が大君《おほきみ》の
聞こし食《を》す　天《あめ》の下に
国はしも　さはにあれども
山川の　清き河内《かふち》と
御心《みこころ》を　吉野の国の
花散らふ　秋津《あきづ》の野辺《のへ》に

やすみしし　わが大君が
お治めになる　天下のなかにも
国は　たくさんあるけれども
山も川も　清らかな河内として
御心を寄せた　吉野の国の
ゆたかなる　秋津の野辺に

宮柱　太敷《ふとし》きませば
ももしきの　大宮人《おほみやひと》は
船並《な》めて　朝川渡り
船競《ふなぎほ》ひ　夕川渡る
この川の　絶ゆることなく
この山の　いや高《たか》知らす
みなそそく　滝のみやこは
見れど飽かぬかも

宮柱を　しっかりお建てになると
ももしきの　大宮人たちは
船を並べて　朝の川を渡り
船を競って　夕の川を渡る
この川のように絶えることなく
この山のように立派にお作りになった
水の流れ速き　滝のみやこは
見ても見ても　見飽きることなどあろうはずもない
（雑歌　巻一の三六）

〈反歌、省略〉

持統《じとう》天皇の吉野行幸につきしたがった柿本人麻呂は、まずこの地に天皇が離宮《りきゅう》を建てた、というところから歌いはじめます。「ミヤ」の場所が選ばれた理由を述べたあと、「宮柱をしっかりお建てになった」といっています。建物のシンボルである柱。それをしっかりと建てたと歌えば、天皇のことを誉《ほ》めることになるのです。そして、もう一つ見逃してはならない点があります。人麻呂は、吉野の「秋津の野辺に」離宮が建てられたことを述べたあと、その地を「みなそそく　滝のみやこ」すなわち「水の流れ速き　滝のみやこ」と歌っている点です。つまり、「ミヤ」のある場所が「ミヤコ」なので、吉野川の「山川の清き河内」に建てられた離宮とその周辺は、「みなそそく滝のみやこ」と表現されているのです。もし吉野を旅されることがありましたら、ぜひ宮滝《みやたき》遺跡を訪ねてみてください。持統天皇と柿本人麻呂のことを思い出しながら。この地こそ、「水の流れ速き　滝のみやこ」と讃えられた吉野離宮のあった場所です。

天皇をどう呼ぶか

これまでわたしは「ミヤ」と「ミヤコ」という言葉について考えながら、天皇と「ミヤ」との関わりについて述べてきました。気がついてみると、それがいつのまにか万葉歌の舞台について語ることにもなっていましたね。さらにこのことは、天皇に対する「呼び習わし方」すなわち「呼称方法」にも反映されています。

古代においては、天皇の「ミヤ」のある場所を示すことによって、天皇そのものを呼び習わすことも広く行われていました。この呼称方法は、『万葉集』でも広く使用されています。たとえば、紹介した宇治のみやこの歌、すなわち巻一の七番歌の直前には、

明日香《あす》川原宮《かのかはらのみや》に天《あめ》の下治《をさ》めたまひし天皇《てんわう》の代《みよ》

と記されています。その意味は、「明日香にある川原宮で天下をお治めになった天皇」

というものです。このように時代や区分を示して読解の道しるべになる記述を、『万葉集』では「標目《ひょうもく》」といいます。明日香の川原宮で天下を治めた天皇とは、斉明《さいめい》天皇のことです。『日本書紀』を見ると、斉明天皇元（六五五）年に飛鳥板蓋宮《あすかのいたぶきのみや》が火災で焼失し（次ページ写真参照）、川原に「ミヤ」を遷したとあります。明日香を旅したら、ぜひ川原寺《かわらでら》跡を訪ねてみてください。おそらくそのあたりに川原宮はあったはずです。ちなみにこの川原とは、明日香川の川原のことです。明日香川の流れを確認しながら、川原寺跡を訪ねると、川原に建った宮をイメージすることができ、万葉の世界を体感できます。

さらに付け加えておくと、紹介した吉野離宮讃歌の持統天皇の時代を、『万葉集』巻一の標目では、

藤原宮《ふぢはらのみや》に天《あめ》の下治《をさ》めたまひし天皇《てんわう》の代《みよ》

と記しています。こちらは「藤原宮で天下を治めた天皇」という意味になります。こういった言い方で天皇を呼び習わすのは、天皇が御代がわりすれば「ミヤ」を移動したからです。「遷宮《せんぐう》」、「遷都《せんと》」をしたのです。万葉の時代は、遷都の時代でもありました。

しかし、時代とともに、官僚機構が整備されて役所が巨大なものになると、そうそう大規模な「ミヤ」の引越しはできなくなりました。すると特定の小地域のなかで、「ミヤ」

伝・飛鳥板蓋宮跡。ここは主に皇極天皇の皇居となった。次代の孝徳天皇は難波に宮を遷したが、その没後、皇極天皇が重祚して斉明天皇となり、この地で即位する。このあと宮は飛鳥川原宮に遷る（写真／牧野貞之）。

が移動してゆくようになります。その小地域こそ、明日香地域なのです。明日香には、天皇の「ミヤ」、その子どもである皇子《みこ》の「ミヤ」、役所の建物群、現在の大学にあたる寺院、外国からやって来る使節を歓待する迎賓館などのような施設が、七世紀半ば以降、建築されてゆきます。天皇の「ミヤ」を中心として、多くの建物がところ狭しと林立しました。したがって、「ミヤコ」は、現在われわれの考える都市ではありませんが、今日の都市の持っている機能の一部と重なり合う部分もあると考えてよいでしょう。少なくとも、七世紀後半からは。

そういう天皇の「ミヤ」を取り囲む建物があるところが、明日香の「ミヤコ」の範囲ということになります。当然、かの地は政治と経済の中心地になりますし、また文化の中心地にもなってゆきます。王侯貴族が住み、天下の美女と秀才とがその寵愛《ちょうあい》を競う場所ともなりました。そういった才女のひとりに、額田王がいました。額田王は天智《てんじ》天皇の寵愛を受けて、天智朝に活躍しました。対して、持統天皇の時代に天皇から活躍の場が与えられたのは、柿本人麻呂でした。してみると『万葉集』とは、最初から、古代の「ミヤコ」の都会的文化のなかで形成された文学であるといえるのではないでしょうか。近代の万葉研究をありていに評せば、『万葉集』に「素朴」「純粋」な側面ばかりを求めすぎてきたような気がします。都会的な、当時としてはおしゃれなシティー・ボーイの文学、という側面をこれからはもっともっと強調すべきであると思います。

このように見てゆくと、明日香の「ミヤコ」について語ることは、万葉の世界そのものを語ることになるということを、おわかりいただけたのではないでしょうか。真の『万葉集』の時代は、まさに明日香からはじまったのです。

「ミヤビヲ」たちの風流な宴

当然、明日香は、流行の発信地となります。そして、その地に住めば「ミヤコ」風の立居振舞を身につけることになっていったでしょう。「ミヤコ」は、明日香から藤原へ、藤原から奈良へと遷り変わりますが、「ミヤコ」にあって「ミヤコ」のもつ雰囲気や情趣を備えたものが、「ミヤビ」なものなのです。

そして、それは人にも当てはまりました。「ミヤビ」を備えた男を『万葉集』では「ミヤビヲ」と呼んでいます。こうして、「ミヤビ」は都会的文化を象徴する言葉になってゆきます。では、「ミヤビヲ」とは、どんなことをする男たちだったのでしょうか。巻七に、こんな歌が伝わっています。

春日《かすが》なる
三笠《みかさ》の山に
月の舟出《い》づ

春日にある
三笠の山に
月の船が出た……

みやびをの
飲む酒坏《さかづき》に
影に見えつつ

みやび男が
飲む杯に
影を浮かべながら――

（雑歌　巻七の一二九五）

春日は、現在の奈良市の春日です。その春日にあるお椀《わん》を伏せたような小さな山が三笠《みかさ》山《やま》（御蓋山）です。そこに、月が出たというのです。この三笠山に出た月を、作者は「月の舟」と表現しています。月齢によっては、月が船のかたちに見えることもありますよね。それを杯に浮かべて飲もうというのですから、なんとも風流な宴会をやったものです。この一二九五番歌の「ミヤビヲ」は、原文では漢字で「遊士」と書き表しています。つまり、こういった風流を解する男を、万葉びとたちは「ミヤビヲ」と呼んだのでしょう。これは、奈良の都・平城京に生きた「ミヤビヲ」がなしたわざです。

ところで、わたしには一つの夢があります。京都の祇園《ぎおん》で、夏の風物詩・大文字《だいもんじ》焼きを見て、その影を杯に浮かべて、お酒を飲むことです。そうすれば、わたしも平成の「ミヤビヲ」のひとりになれるかもしれません。真夏の夜の夢であったとしても。

「ミヤコ」と「ヰナカ」と

この「ミヤコ」「ミヤビ」に対して、田舎や地方、田舎風をいう言葉が「ヒナ」「ヒナビ」という言葉です。現在でも「ひなびた温泉」などというような使い方をしますね。

次に、「ヰナカ」と「ミヤコ」との関係についてよくわかる歌がありますので、ここで紹介したいと思います。神亀《じんき》三（七二六）年十月二十六日に知《ち》造《ざう》難波《なには》宮事《くうじ》に任命された藤《ふぢ》原宇合《はらのうまかひ》という政治家は、実に五年半の歳月を要して天平《てんぴやう》四（七三二）年三月に難波宮を復興しました。無事に難波宮復興を果たした宇合は、得意満面にこう歌いました。

式部卿《しきぶのきやう》藤原宇合卿、難波《なには》の都を改め造らしめらるる時に作る歌一首

昔こそ
難波田舎と
言はれけめ
今は都《みやこ》引き
都びにけり

昔こそ
難波田舎と
いわれたが——
今は都に引かれ
都らしくなったもんだ！

（雑歌　巻三の三一二）

「難波田舎」とは、「難波という田舎」という言い回しだと推定されています。ところが、今は打って変わって都らしくなった、と宇合は歌っているのです。「ミヤコブ」というのは、「ミヤコ」に、それらしくなるという意味を添える接尾語「ブ」をつけた上二段動詞です。「都引き」とは「都に引かれて」「都に倣《なら》って」という意味です。つまり、田舎が

「ミヤコビキ」によって、「ミヤコビ」になったと自画自讃しているのです。

もし、額田王や柿本人麻呂と話すことができたとしましょう。彼らに、わたしが「『ミヤコ』というのは、現在の首都にあたる言葉ですか？」と聞いたとします。すると、彼らはこう答えるでしょう。「明日香も藤原も現代でいえば首都だが、天皇が今いるところが『ミヤコ』だから、われわれは行幸地の離宮や宿舎も『ミヤコ』と呼ぶよ」と。

「宮域」と「京域」

しかし、明日香時代の後半からは、事情が変わってきます。「ミヤ」の周りの「ミヤコ」に、東西道路と南北道路とが整備され、土地が区画されてくるからです。いわゆる「条坊《じょうぼう》制《せい》」です。「ミヤコ」には碁盤の目のように道が引かれ、土地は四角く区画整理されてゆくのです。これが、京《きょう》です。京がいつ形成されたのかという点については、歴史学や考古学においても論争があり、まだ決着をみません。仮に、通称「藤原京」が日本で最初にできた「京」だとすれば、持統天皇八（六九四）年前後ということになります。大宝《たいほう》元（七〇一）年に制定された大宝律令《たいほうりつりょう》には京の規定がありますから、どんなに遅くとも七世紀末には京が形成され、その地域は一つの独立した行政地域となっていたはずです。ちなみに、京の民政を統括するのは「京職《みさとづかさ》」という役所です。

京の内外の境を、京極《きょうごく》といいます。西は西京極、東は東京極です。南は南京極ですが、京のはてなら「きょうばて」です。奈良市には、「京終」と書いて「きょうばて」という駅もあります。奈良市の「京終」は、南京極そのものを示す地ではありませんが、それでも南京極にきわめて近いところにあります。それらの京極の内側が、「京域」です。それに対して、天皇の宮殿があるところが、宮《きゅう》すなわち「ミヤ」です。宮のある地域が、「宮域」です。ここまで話すともうおわかりでしょう。現在でいえば、皇居が「ミヤ」で「宮域」。東京都が「京」で、その地域が「京域」ということになります。現在でも、都という地方自治体には、道・府・県にはない特別な権限が与えられています。これまでの話を、たいへん乱暴な図式化にはなりますが、まとめてみると次のようになります。

ミ　ヤ――天皇の住む建物――藤原京・平城京の「宮域」にあたる
ミヤコ――ミヤのある場所――藤原京・平城京の「京域」にあたる

これは、万葉の時代の主なミヤコに共通する構造ですし、平安京にも共通する構造でもあります。これを概念図で示したのが、次ページの図です。

過去と現在、そして都市

わたしは、東京で講演を頼まれると、『万葉集』を勉強したいと思う人は、必ず古代の

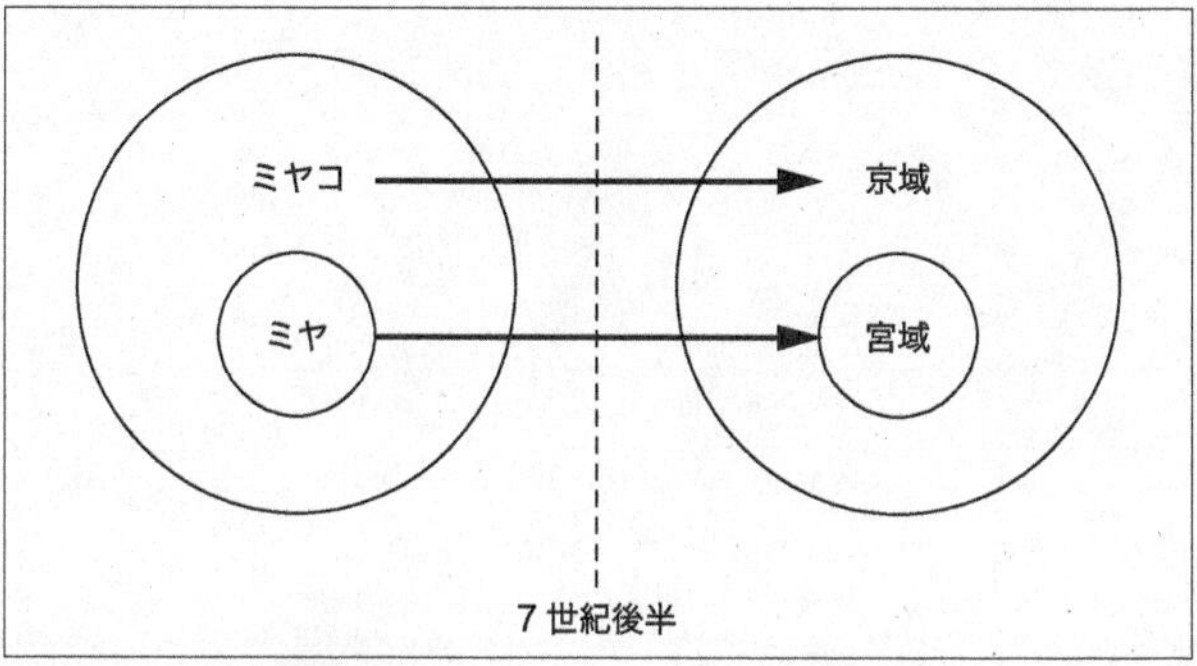

ミヤとミヤコの概念図

「ミヤコ」の跡を見に来てください、と力説します。対して、勤務校の奈良大学の学生たちに万葉を講ずるときには、東京に行って、皇居と国会議事堂を見学してくるように勧めます。なぜならば、過去に連続する現在を強く意識して、古典を読んで欲しいからです。古典を読むということは、読み手の主体的行為なのですから。

西暦二〇一〇年、平城遷都千三百年を記念して、平城宮跡に大極殿正殿《だいごくでんせいでん》が復原されました。大極殿正殿は、「ミヤ」のなかでも中心となる建物です。そこでわたしは、現在の皇居と国会議事堂を思い浮かべながら、平成の甍《いらか》を望むことができます。

第二章　都市と神々

キーワード
自然崇拝／カムナビ／故郷の景
皇孫の近き守り神／大和三山

古典研究者の現在

第一章は、「現在」と「都市」のテーマをもとに、「ミヤ」と「ミヤコ」という万葉歌の舞台についてお話し致しました。第二章は第一章で語った「ミヤコ」を守る神々のおわします「カムナビ」についてお話しします。それはそのまま、古代の自然崇拝について語ることにもなる、と思います。

インターネットが普及した今日、突然、海外からEメールが送信されてきて質問をいただいたり、それがご縁となって海外の研究者の研究をサポートしたりすることも多くなりました。またある雑誌の企画で、海外の研究者とEメールで対談したこともあります。われわれ古典研究者も、旧態依然として仕事をしているわけではありません。われわれも、海外の人びとにもわかりやすい方法で研究を発信してゆく必要に迫られているのです。

そういったなかで、海外の日本文化研究者が、よくわたしに問いかけてくる質問があります。その質問の多くは、古代日本の宗教に関わる質問です。わたしたち日本人は、日常生活において、特別な日を除いて、あまり宗教について意識することはありません。けれども、海外ではいまだに宗教対立が原因となって戦争が起こることもあるので、宗教への関心が強いのです。ですから、他者の宗教を正しく理解することによって、異文化を理解しようとするのでしょう。つまり、これは宗教を中心として文化を理解しようとする研究態度だと思います。ことに、ヨーロッパの研究者にその傾向が顕著だと思います。

古代の自然崇拝とは

海外の研究者から、よく聞かれる質問に、次のようなものがあります。「日本人の多くは仏教徒なのに、なぜ石や樹木、さらには山を拝むのか？」という質問です。しかし、漠然とそう質問されても、わたしの学識ではどうすることもできません。そこで、わたしはずるいようですが、いったんその質問を棚上げして、カムナビと呼ばれる山に対する信仰について『万葉集』を通じて教え、あとは質問者の方で考えてみてください、というように質問から逃げるようにしています。

なぜならば、キリスト教文化圏や、イスラム教文化圏からやって来た人びとは、石や樹木や山を崇拝する自然崇拝について、具体的にイメージすることがたいへん難しいのです。

ですから、わたしはなるべく具体的に自然崇拝というものを彼らに伝えるために、まずカムナビについて語るのです。

カムナビの姿

カムナビとは、『万葉集』『風土記《ふどき》』『延喜式《えんぎしき》』などに登場する言葉です。たいへん難しい言葉なのですが、簡単に説明してしまうと「神のいます山」というほどの意味になります。しかしながら、カムナビという言葉も近年ではずいぶんと市民権を得てきた、と思います。それは、日本宗教史や日本の宗教文化の原型を語ろうとする論者たちが、その著作のなかで必ずといってよいほどカムナビについて触れるようになったからです。そこで、わたしも万葉研究の立場からカムナビについて考えてゆこう、と思います。

「神道考古学」という研究分野を標榜《ひょうぼう》し、その立場からカムナビ研究を大きく前進させた人物に大場磐雄《おおばいわお》（一八九九―一九七五）という学者がいました。彼は、戦前から「カムナビ式霊山」「カムナビ型霊山」のような呼称法を用いて、古代の山岳信仰の一つのタイプを説明しようとしていました。大場は、そこから神社の起源についても考えよう、と研究を進めています。山を崇拝するといっても、高い山だから崇拝するということもあるでしょうし、火山だから崇拝するということもあるでしょう。大場は、そういう山岳に対する崇拝の一形式として、カムナビ式霊山という一項目を立てて分析を試みたのでした。

大場がカムナビについて注目したのは、山の姿です。大場はまず古典に表れるカムナビと神社との関係を整理し、その上で実地踏査を行いました。晩年に彼はこう回顧しています。

次に山の場合共通した特色があるかをみると、私が実査したうち一〇個所は大小の差こそあれ、いずれも円錐形または笠型を呈しており、その標式的なものが三輪山であることはいうまでもあるまい。（「神奈備山と神社」『大場磐雄著作集　第五巻』）

つまり、円錐型の山に対する信仰であると述べているのです。そして、その代表が奈良県桜井市《さくらいし》にある三輪山《みわやま》である、と述べているのです。大場は山の姿のほか、集落が近くにある端山《はやま》であることや、山が鬱蒼《うっそう》とした森林に囲まれていることなどを、「カムナビ式霊山」の特徴として挙げています。このような特徴を備えた山に神霊が依《よ》りつくという古代人の考え方が存在したのではないか、というのが大場の基本的な考え方です。

ぜひ、山全体を神体とする三輪山の稜線《りょうせん》を、奈良盆地の南側から望んでください。その美しさには、海外の研究者たちも讃嘆の声をあげていました。わたしは、彼らにいつもこういいます。三輪山を見ずして、日本の自然崇拝を語ることなかれ。それは、ナポリでピザを食べずして、ピザを語るに等しい、と。

額田王は三輪山に挨拶をして旅立った

奈良盆地を巡る山々のことを、万葉びとは「青垣山《あをかきやま》」と称しました。その東の青垣山の一つが三輪山なのです。そして、その山はカムナビを代表する山なのです。明日香《あすか》や、藤原のミヤコのある奈良盆地の南部からは、左右対称の円錐型に見えます。額田王《ぬかたのおほきみ》は、近江《あふみ》に旅立つにあたって、大和国《やまとのくに》と山背国《やましろのくに》の境である奈良山《ならやま》に立って、次のような歌を残しました。ときに天智天皇六（六六七）年のことであった、と推定されています。

額田王、近江国《あふみのくに》に下る時に作る歌、井戸王《ゐのへのおほきみ》の即ち和《こた》ふる歌

味酒《うまさけ》　三輪《みわ》の山
あをによし　奈良の山の
山の際《ま》に　い隠るまで
道の隈《くま》　い積もるまでに
つばらにも　見つつ行《ゆ》かむを
しばしばも　見放《みさ》けむ山を
心なく　雲の
隠さふべしや

うまさけ　三輪の山を
あをによし　この奈良の山の
山の間に　隠れゆくまで
道の曲がりの　重なりゆくまで
心ゆくまで　見つづけたいのに
幾たびも　眺めてゆきたいのに
つれなくも　雲が……
隠してよいものか？　そんな——

（雑歌　巻一の一七）

反歌

三輪山を　然《しか》も隠すか
雲だにも　心あらなも
隠さふべしや

――三輪山を　そんなにも隠してしまうの
せめて雲だけでも　わたしの思いを知って！
隠したりしてよいものか？　そんな――

（雑歌　巻一の一八）

〈井戸王の即ち和ふる歌、省略〉

わたしは、この歌を読むとある映画を思い出します。山田洋次《やまだようじ》監督の『家族』という映画です（松竹、一九七〇年）。一九六〇年代を生きたある家族を描いたドキュメンタリータッチの映画です。長崎の伊王島《いおうじま》という離島で暮らしていた家族が、北海道に移住する話なのですが、家族の決意は悲壮で、もう島に戻ることはない、との思いで旅立つのです。
　この時代、長崎に住む人びとにとって、北海道は遥か彼方の遠い遠いところでした。今ならそんな悲壮感はないはずです。たしかに交通の便がよくなったこともありますが、何より日本が豊かになったということなのではないでしょうか？　映画では、家族の思い出が詰まった島の景色を走馬灯《そうまとう》のように思い巡らしながら旅立つシーンが、実に印象的でした。誰にでも、忘れられない景色というものがあります。旅立つ日に、心に刻む風景です。

故郷の風景。おそらく、額田王が大和を去るにあたって最後に目に焼き付けておきたい、と考えた風景こそ、三輪山の稜線だったとわたしは思います。

三輪山は奈良盆地の南に住む人にとってシンボルである

常に三輪山を仰ぎ見ながら生活していた額田王は、大和への断ち切れない思いを胸に、三輪山をいつまでも見つづけたい、と歌ったのです。しかし残念なことに、旅立ちの当日は、雲がかかって三輪山を隠してしまったのでした。しかしそれゆえに、また思いはつのります。わたしたちがこの歌から読み取ることができるのは、額田王の三輪山への深い執着です。実はわたしの勤務先の大学は、奈良山すなわち現在の平城山《ならやま》の西に位置しています。校舎の窓を開けると、晴れた日には三輪山を望むことができます。しかしその三輪山は、遥かに望む小さな小さな三輪山です。のみならず、背景の多武峰《とうのみね》の山々に隠れてしまって、よく見えません。たとえ晴れていたとしても、よほど目を凝らさないかぎり見ることはできないのです。そのうえ、稜線も左右対称の円錐型には見えません。

しかしながら、すでに多くの研究者が指摘しているように、やはりこの場所から三輪山を望むことに意味があったのでした。奈良盆地の北辺にあたる奈良山を越してしまうと、山背国に入り、もう三輪山を見ることはできなくなってしまうのです。明日香や藤原から望む近景の三輪山と、遥かに奈良山から望む遠景の三輪山、その両方を見てからこの歌と向き合うと、額田王の心に少し近づけたような気がします。

神話の舞台であり、神の山カムナビであった三輪山。山への自然崇拝といっても、そこには盆地に生きる人びとの山に関する生活感情もありますし、そもそも存在そのものが象徴的な役割を持っていたのです。わたしは、海外からやって来た日本研究者には、日本文化について考える場合、なるべく具体的にものを考えるようにアドバイスします。もちろん、時間があれば、額田王のこの歌を示して説明をします。すると彼らの多くは、そこにシンボリックな意味合いを発見して、今度は自分たちの宗教文化と比較をしはじめます。

カムナビという言葉

では、カムナビという言葉にはいったいどのような意味合いがあるのでしょうか？　その語源説のなかでもっとも無理のない説を、ここでは紹介しておきたいと思います。それは、

カム（神）＋ナ（連体格助詞）＋ビ（場所を表す形態素）

という説です。「ナ」は助詞の「ノ」と同じと考えるとよいでしょう。「ビ」は場所を表す形態素と考えるのです。実は、『万葉集』には「山ビ」「川ビ」「浜ビ」という言い方もあるのです。それは、「山べ（辺）」「川べ（辺）」「浜べ（辺）」と同じで、山の辺り、川の

辺り、浜の辺りという意味になります。こう考えを進めてゆくと、カムナビという言葉には、「神のいます辺り」「神のいますところ」というほどの意味を認めることができます。

このように考えてゆくと、カムナビとは、その地域に住む人びとが、「神のいます山」として崇拝した山である、というところに結論が落ち着きそうですね。ですから、カムナビは、円錐型で目立つかたちの山が多いのでしょう。その典型例を、わたしたちは、三輪山に認めることができるのです。ということは、カムナビは、どこにでも存在し得るということになります。皆さんのまわりにも、「カンベ」「カンナベ」とか「カンナミ」と呼ばれる山や丘はありませんか？　その山や丘は、その地域のカムナビだった可能性があります。

大伴旅人が歌う望郷の景

したがって、カムナビは三輪山だけとは限りません。明日香にもカムナビがありました。その明日香のカムナビについて大伴旅人《おほとものたびと》が歌った歌を、次に見てみます。

旅人は六十歳を過ぎて、平城京から九州大宰府《だざいふ》に大宰帥《だざいのそち》として赴任します。ところがあろうことか、同道した妻がその地で没してしまいます。心の傷いえぬまま、彼は、天平《てんぴょう》二（七三〇）年に帰京します。しかし、翌天平三（七三一）年には亡くなってしまいます。

彼は筑紫《つくし》の大宰府にあっても望郷の歌を残しましたが、平城京に帰ってからも望郷の歌を歌いました。平城京にあっては、明日香への思いを歌にしたのです。

旅人が生まれたのは、天智天皇《てんじ》四（六六五）年ですから、四十五歳ぐらいまでを明日香や藤原の「ミヤコ」で過ごしたことになります。彼が亡くなる直前に残した歌が、巻六に伝わっています。実質的に辞世歌となってしまったこの歌は、平城京にあって明日香を思う望郷歌となっています。

三年辛未《しんび》、大納言《だいなふごん》大伴卿、奈良の家《いへ》に在りて、故郷《ふるさと》を思ふ歌二首

しましくも　　ほんの少しの間でも
行《ゆ》きて見てしか　　行ってみたい――
神奈備《かむなび》の　　カムナビの
淵《ふち》は浅《あ》せにて　　淵は浅くなって
瀬にかなるらむ　　瀬になっているだろうか……

〈第二首、省略〉　　（雑歌　巻六の九六九）

旅人はこの年の七月二十五日に他界してしまいます。その旅人が平城京の家から思いをはせたのが「神奈備の淵」だったのです。旅人の世代の平城京生活者にとって、明日香のカムナビは、忘れることのできない「故郷の景」だったのでしょう。

共有されている記憶

では、このように明日香のカムナビをもって故郷の景の代表とする考え方は、旅人の個人的経験から出た感情のみに由来するものだったのでしょうか。わたしはそうは思いません。旅人のような思いは、平城京の生活者に共有されていたのではなかったのか、と思うのです。

『万葉集』では単に「故郷」とのみ記されている場合、この歌のように、明日香を指している場合が多いのです。故郷といえば明日香、明日香といえば明日香川とカムナビ、というような考え方は、同時代の人びとに広く共有されていたのではないでしょうか。

同じく故郷に思いをはせる歌としては、巻七の雑歌に次のような歌が伝わっています。

故郷《ふるさと》を偲《しの》ふ

清き瀬に
千鳥妻《つま》呼び
山の際《ま》に
霞立つらむ
神奈備の里

（雑歌　巻七の一一二五）

清らかな瀬には
千鳥が妻を呼び
山あいには
霞がたっているだろう……
明日香のカムナビの里は、今ごろ

年月《としつき》も
いまだ経《へ》なくに
明日香川
瀬々《せぜ》ゆ渡しし
石橋《いしばし》もなし

年月も
そう長くは経《た》っていないのに……
明日香川の
瀬に渡しておいた
飛び石も、今はない——

（雑歌　巻七の一一二六）

一首目は、遠く故郷・明日香に思いをはせた歌。二首目は、故郷の明日香を実際に訪ねたときの歌です。故郷・明日香に遠くから思いをはせることもあったでしょうし、また、いてもたってもいられず、かの地を訪れることもあったのでしょう。ここで注意しておきたいのは、この二首がともに「故郷を偲ふ」歌として、巻七に収められている点です。以上の点を考え合わせると、故郷といえば明日香が連想され、故郷・明日香の景はカムナビと明日香川によって代表されるというのは、平城京生活者に共有されていた記憶であった、と思われるのです。

旅人が明日香への望郷の歌を残したのは、平城遷都《せんと》から二十一年を数える年でした。明日香と藤原は、旅人の青春の思い出とともにある土地だったのです。平成の御代《みよ》ももう二十五年。平成生まれの大学生たちに、わたしは万葉を講じています。五十歳をこえた私が昭和を語ると、すでにそれは昔がたり、昭和レトロの世界なのです。旅人にとっては「故郷・明日香の時代は遠くなりにけり」だったでしょうが、わたしにとっては「昭和も遠くなりにけり」です。

カムナビに登った山部赤人

故郷・明日香を代表するのが明日香川と明日香のカムナビだったわけですが、その故郷の山・カムナビに登って明日香を歌った歌人がいます。それが山部赤人《やまべのあかひと》です。彼は柿本《かきのもと》人麻呂《ひとまろ》と同じく、まったくその生い立ちがわからない人物ですが、聖武《しょうむ》天皇の時代に活躍の場を与えられた歌人でした。最近の研究では、この歌は、聖武天皇即位前後の作品ではないか、と考えられています。ちなみに聖武天皇は、養老《ようろう》八（七二四）年の二月に即位しています。

神岳《かみをか》に登りて、山部宿禰《やまべのすくね》赤人《あかひと》が作る歌一首〔并せて短歌〕

みもろの　神奈備山に	神います森　カムナビ山に
五百枝《いほえ》さし　しじに生《お》ひたる	数限りなく広がって　枝繁る
つがの木の　いや継《つ》ぎ継《つ》ぎに	つがの木　その名のごとく次々と
玉葛《たまかづら》　絶ゆることなく	玉葛のごとく　絶えることなく

ありつつも　止《や》まず通《かよ》はむ
明日香の　古き都は
山高《だか》み　川とほしろし
春の日は　山し見が欲《ほ》し
秋の夜《よ》は　川しさやけし
朝雲に　鶴《たづ》は乱れ
夕霧に　かはづは騒《さわ》く
見るごとに　音《ね》のみし泣かゆ
古《いにしへ》思へば

生き長らえて　わたしは通いたい
明日香の　古きミヤコは
山高く　川雄大
だから　春の日は　山を望みたい
だから　秋の夜は　川の清らかさを感じたい
朝雲に　鶴は乱れ飛び
夕霧に　かわずは騒ぐ　明日香
それを見るたびに　わたしは泣く
かの日のことどもに思いはせて……
（雑歌　巻三の三二四）

反歌

明日香川
川淀《かはよど》去らず　立つ霧の
思ひ過ぐべき
恋にあらなくに

明日香川の
川淀を去らず立つ霧……
そのごとく思い過ごしてしまうような
わたしの恋ではない――
（雑歌　巻三の三二五）

題詞に「神岳《かみをか》に登りて」とあり、歌い出しに「みもろの　神奈備山に　五百枝さし」とありますから、カムナビは「神岳」とも呼ばれたと考えてよいでしょう。歌に出てくる「みもろ」とは、神のいます森を示す言葉です。赤人の眼前にあったものは、「古き都」の景でした。これを赤人は、華麗な対句を用いて表現しています。きわめて理想化された景です。対して、赤人の心中にあったものは、「古《いにしへ》」への思い出でした。だから、反歌にあるように、明日香への恋は思い過ごしてしまうような恋ではない、と歌っているのです。

明日香のカムナビは不明

しかしながら、明日香のカムナビがどこだったのかという点については、諸説紛々《ふんぷん》で現在も定説はありません。赤人の歌などを読むと、ぜひ明日香のカムナビに登ってみたい、と誰しもが思うでしょう。ですから、これまでにも多くの万葉学者、古代史家がその謎解きに挑みましたが、まだ定説はないのです。

『日本紀略《にほんきりやく》』という史書の天長《てんちょう》六（八二九）年三月十日条に「大和国高市郡賀美郷甘南備山の飛鳥社を同郡同郷鳥形山に遷す。神の託宣に依るなり。」とあって、八二九年に飛鳥のカムナビが鳥形山に遷《うつ》されたことが記されています。現在、その鳥形山には飛鳥坐《あすかにいます》神社《じんじゃ》が鎮座しています。しかし、それ以前の明日香のカムナビがどこにあったか、今もってわからないのです。

近世以来の通説である雷岳《いかづちのおか》説、さらには甘樫丘《あまかしのおか》説などがこれまで支持されてきましたが、ミハ山説や、南淵山《みなぶちやま》説などが新たに提唱され、今日に至っています。しかし、そういった新説も定説にはなっていないのが現状です。

強い思慕の情、皇孫の命の近き守り神

ここまで読んでくださった方には、額田王、大伴旅人、山部赤人たちが、いかにカムナビに強い思慕の情を持っていたか、おわかりいただけたことと思います。では、なぜそのような感情が、歌人の心のなかに生まれたのでしょうか？　おそらくそれは、ミヤコに住む人びとにとって、カムナビの神が自分たちの住むミヤコを守る土地の神だったからだ、と思われます。

「出雲国造神賀詞《いづものくにのみやつこのかむよごと》」という上奏文形式の祝詞《のりと》には、出雲国造家の人びとが唱えた大和のカムナビに対する主張が述べられています。この祝詞には、大和の四つのカムナビに、出雲の神々を配置して、「皇孫《すめみま》の命《みこと》の近き守神《まもりがみ》」としたという神話が載っています。この神話のなかで重要な点は「近き守神」という表現です。つまり、天皇と天皇が住まうミヤコの守り神になる、と宣言しているのです。ではいったい、出雲国造家は、なぜそのような神話を喧伝したのでしょうか？　それは、四つのカムナビに対する祭祀《さいし》権を主張したかったからだ、と思います。

大御和《おほみわ》のカムナビ↓ヤマトノオホモノヌシクシミカタマノミコト
葛木《かづらき》の鴨《かも》のカムナビ↓アヂスキタカヒコネノミコト
宇奈提《うなて》（のカムナビ）↓コトシロヌシノミコト
飛鳥《あすか》のカムナビ↓カヤナルミノミコト

この祝詞がいつの時代の主張を反映しているのかという点については議論があるのですが、一般的には明日香と藤原にミヤコがあった時代であろう、と推定されています。なぜなら、この四つのカムナビを線で結ぶと、明日香と藤原の地を取り囲むようになるからです。

以上はあくまでも、出雲国造家側の主張なのですが、カムナビが天皇と、天皇のミヤのあるミヤコの守り神となり得るという点に、現在わたしは注目しています。わたしは、「出雲国造神賀詞」が成立する以前に、カムナビの神が天皇のミヤのあるミヤコを守るのだ、という考え方が、明日香や藤原に暮らす人びとの間に広くゆきわたっていたのではないか、と考えています。そういった考え方がすでにあったからこそ出雲国造家は、出雲の神々を天皇とミヤコを守る「近き守神」として配置したのだと主張し、その祭祀権の確認を求めたのではないでしょうか？

以上縷々《るる》述べてきたように、古くからミヤコの守り神であったからこそ、万葉びとはカムナビに対して強い思慕の情を隠さなかったのだ、と思います。そういった心情を、われわれは万葉歌から読み取ることができるのです。

カムナビから三山へ

しかしながら、カムナビがミヤコの守り神であった時代は、藤原で終わったと、わたしは現在考えています。いわゆる「藤原京」のような方形すなわち碁盤の目のようなミヤコは、中国文化の影響を受けて新しくできたものなのですが、このような新しいミヤコには新しい守り神が必要になったはずだ、と考えるからです。つまり、新思想によって作られた新しいミヤコには、新しい思想に基づいて、新しい守り神が作られたのではないか、と思うのです。

『万葉集』がお好きな方なら、もう気づかれているはずです。それは、香具山《かぐやま》・畝傍山《うねびやま》・耳成山《みみなしやま》の大和三山です。藤原のミヤは、大和三山の真中に位置しています（52ページ写真参照）。藤原新都讃歌というべき「藤原宮の御井《みゐ》の歌」には、大和三山が登場します。

藤原宮の御井《みゐ》の歌

やすみしし　わご大君　高照らす　日《ひ》の皇子《みこ》　荒《あら》たへの　藤井が原に　大御門《おほみかど》　始め

たまひて　埴安《はにやす》の　堤の上に　あり立たし　見《め》したまへば　大和の　青香具山《あをかぐやま》は　日の経《たて》の　大き御門に　春山と　しみさび立てり　畝傍《うねび》の　この瑞山《みづやま》は　日の緯《よこ》の　大き御門に　瑞山と　山さびいます　耳梨《みみなし》の　青菅山《あをすがやま》は　背面《そとも》の　大き御門に　宜《よろ》しなへ　神《かむ》さび立てり　名ぐはしき　吉野の山は　影面《かげとも》の　大き御門ゆ　雲居《くもゐ》にそ　遠くありける　高知るや　天《あめ》の御陰《みかげ》　天知るや　日の御陰の　水こそば　常にあらめ　御井の清水《きよみづ》　（雑歌　巻一の五二）

短　歌

藤原の　大宮仕《おほみやつか》へ　生《あ》れつくや　娘子《をとめ》がともは　ともしきろかも
右の歌、作者未詳なり。　（雑歌　巻一の五三）

この歌は、藤原宮の御井《みゐ》を讃《たた》えるために、宮の大御門から望む山々を次々に描写するという構成になっています。そして、大和三山の南に遥かに望む吉野の山を加え、それらの山々を鎮《しず》めの山とした思想を読み取ることができます。つまり、ミヤを東・西・北から守るのが三山なのです。対して、南は広く望みます。これは天子南面《てんしなんめん》という中国思想に基づいていています。天子は、南を遥かに望まなければならないのです。このような考え方は、どこからきたのでしょうか？　東・西・北の三山をミヤの鎮めの山として、遥かに南山を望

明日香村下畑から明日香京跡越しに見る大和三山。右奥に耳成山・その手前に香具山・左奥に畝傍山が見える。畝傍山の手前に見えるのは甘樫丘である（写真／牧野貞之）

むという歌い方は、方形のミヤコから出てくる発想だ、とわたしは思います。

なお、この三山をミヤコの鎮めとする考え方は、平城京にも引き継がれます。なぜなら、『続日本紀《しょくにほんぎ》』和銅《わどう》元（七〇八）年二月十五日条の「平城遷都の詔《みことのり》」にも、三山の記述があるからです。

以上からわたしは、次のような結論を出しました。明日香はカムナビが守った都、藤原はカムナビと三山の両方が守った都、そして平城京は三山が守った都だと。藤原京は、その新旧の守り神の同居していたミヤコだった、と思うのです。ちなみに、平城京の三山は、東の春日山《かすが》、西の生駒山《いこま》、北の平城山《なら》（奈良山）に当てて考えるのが通説です。

『万葉集』から考えるおもしろさ

歌というものは、自らの思いを伝える手段の一つです。われわれは、歌い手の感情や心情を歌から汲み取ることができます。わたしは、古代の日本人の心に迫りたくて、日本にやって来た海外の研究者たちに、古代の自然崇拝を語るときに、必ずこういうことにしています――「山なら山、樹木なら樹木という崇拝対象に対する思いを知りたいのだったら、『万葉集』を読むのが早道です。個別の崇拝対象に対する思いを知る手段として、『万葉集』を読むことを勧めます。そうすれば、観念論ではなくして、具体的に個人の心情世界に分け入って、日本人と自然崇拝との関わりについて考えることができますから」と。

第三章　神々と女性

キーワード　女性が果たすべき祭祀／竹玉／斎瓮
物忌みの作法／陰膳

仏壇を守る

第二章は、ミヤコとカムナビとの関係を中心にして、古代の自然崇拝についてお話し致しました。第三章では、古代の女性祭祀《さいし》についてお話ししてみたいと思います。

わたしは、九州は博多で育ったのですが、家には仏壇がありました。子どものわたしが大好きだったお客さんは、お饅頭《まんじゅう》などの手みやげを持ってくるお客さんです。お客さんが帰るとすぐに、食べたい！　すると、祖母はきまってそれを取り上げてしまうのです。まず仏壇にお供えをしてから、というわけです。つまりは、我が家にもたらされたいかなる手みやげも、いったんはおばあちゃんの手を経てお供えされてからしか、孫のわたしの口には入らなかったのです。今のお年寄りとは比べものにならないくらい威厳たっぷりだった祖父も、これについては祖母に従わざるを得ませんでした。となると、それをいち早く食べる方法は、次の二つしかありません。一つはこっそりと盗むこと。もう一つは、甘えて頼み込むことです。

ではなぜ、祖母にそんな権限が与えられていたのでしょうか。それは、祖母が毎朝、ご飯・お茶・お花を仏さまにお供えしていたからです。また、お供え用のお菓子を買ってくるのも、祖母の大切な仕事でした。もしお客さんの手みやげがなければ、祖母はお供えのお菓子を買いに行ったことでしょう（ということは、手みやげをお供えすれば少し出費が抑えられるのです）。こうしてみると、仏壇のお供え物を用意する仕事は家のなかの最長老の女性が持つ、という不文律《ふぶんりつ》が我が家にもあることがわかります。

冒頭でこんな話をしたのは、ほかでもありません。家のなかで「女性が果たすべき祭祀」というものがある、ということを、考えるヒントにしたかったからです。

遣唐使の母の嘆き、天平五年の遣唐使

たとえ無位無官であっても、栄達《えいたつ》の道も開かれる遣唐使任命。しかし、それと引き換えに、海の藻屑《もくず》と消える危険性もあった航海。それは、天平《てんぴょう》ドリームへの旅立ちでもありましたが、同時に悲しい別れでもありました。天平四（七三二）年に、多治比真人広成《たじひのまひとひろなり》を大使として任命した遣唐使は、翌天平五（七三三）年四月、難波《なにわ》を出航します。その折に、とある母親が、今は晴れて遣唐使となった子どもに贈った歌があります。

天平五年癸酉《きいう》、遣唐使の船難波《なには》を発《た》ちて海に入る時に、親母《おや》の子に贈る歌一首

〔幷せて短歌〕

秋萩《あきはぎ》を　妻問《つまど》ふ鹿《か》こそ
独《ひと》り子《ご》に　子持てりといへ
鹿子《かこ》じもの　我《あ》が独り子の
草枕　旅にし行けば
竹玉《たかたま》を　しじに貫《ぬ》き垂《た》れ
斎瓮《いはひへ》に　木綿《ゆふ》取り垂《し》でて
斎《いは》ひつつ　我《あ》が思《おも》ふ我《あ》が子
ま幸《さき》くありこそ

反歌

旅人《たびひと》の
宿りせむ野に
霜降らば
我《あ》が子羽《は》ぐくめ

秋萩を　妻として鹿は
独り子しか持たないという
その鹿と同じき　わが独り子
その独り子が　旅に出るので……
わたしは　竹の玉を　いっぱい通して垂らして祈る
わたしは　清らかな甕《かめ》に　木綿を垂らして祈る
物忌みをして　わたしは祈る　我が思う子よ
無事であれ！　と　（相聞　巻九の一七九〇）

旅びとが
宿を取る野に
もし、霜が降ったなら
わが子を　その羽で包んで暖めてやっておくれ

天《あめ》の鶴群《たづむら》　一天高く飛ぶ　鶴たちよ　（相聞　巻九の一七九一）

この訳文は、母親の切ない思いを凛《りん》とした言葉で歌っていることを忖度《そんたく》して、多少文語的な調子で訳してみました。

ちなみに、一行は無事に蘇州《そしゅう》到着。四船に分乗した五百九十人の人びとは安堵《あんど》したことでしょう。当地では、それぞれの任務を全《まっと》うしたはずです。が、しかし。帰路には悲惨な結末が待っていました。天平六（七三四）年十月、蘇州を出航後、彼らを暴風雨が待ち受けていたのです。船は四散。

一つの船は現在の種子島《たねがしま》付近に漂着し、翌年七（七三五）年の三月に帰京することができました。しかし、ある船は、今日のインドシナ半島まで吹き流され、なんと天平十一（七三九）年に、ようやく出羽国《でわのくに》に帰還しています。しかも、それは少数者の帰還でしかありませんでした。現地民との確執による殺傷事件や、風土病によって百十五人中、九十人が死亡していたからです。生き残った人たちは、ようやく唐に戻り、阿倍仲麻呂《あべのなかまろ》の取り成しもあって、皇帝陛下の許しを経て、渤海国《ぼっかいこく》からの帰還を目指しました。そのかいあって、彼らは、来日予定の渤海使《ぼっかいし》とともにいよいよ日本に戻ることになるのですが、日本海でまたもや死者を出す暴風雨に遭遇してしまいます。しかし、これらはまだよい方です。なぜならば、まったく消息不明の船もあったからです。

母から歌を贈られた「我が独り子」が、いったいどの船に乗り、どのような運命をたどったか、今もってわかりません。

母の祭祀の内容

あまりにも陳腐な言葉となってしまうのですが、母が子を思う気持ちは今も昔も変わらないものだと、この歌を読むたびに思います。ことに反歌は、現実と願望をつなぐ詩的想像力のようなものを感じさせる歌となっています。この天平五（七三三）年の遣唐使の末路を知るとき、わたしたちは危険の大きさと、祈りの深さを再認識することになります。では、母親はどのようなお祀《まつ》りをして、息子の無事を祈ったのでしょうか。この歌には、母親が行った祭祀の様子を具体的にうかがわせる表現があります。最初に出てくるのが、「竹玉《たかたま》」です。「タカタマ」の「タカ」は竹です。これを「しじに貫《ぬ》」くと表現しています。「しじに貫く」とは、たくさん通すということです。したがって、竹をたくさん切ってなかに紐を通したものを作り、垂らしたのでしょう。おそらく形状としては、管玉《くだたま》状のものを想像すれば大過ないと思います。長さは、紐を通したときに垂れるように見えるというのですから、長くとも指の長さどまりで、小さくすれば一ないし二センチくらいだった、とわたしは推定しています。

ただし、使用方法についてはいろいろ考えられます。一つは、祭祀を行う者が首飾りとして使用したことが想像されます。竹玉と竹玉の間に、玉や勾玉《まがたま》を挟み込んで紐を通して、首飾りにした可能性があるでしょう。もう一つは、祭壇を飾る飾り物として使用された可能性があります。その場合、なるべく祭壇の前にいる人に見えやすいように垂らすのだと考えられます。

もう一つ想定できるのは、これを振ったり叩きつけたりして、音を鳴らした可能性もあるということです。今日でも、数珠《じゅず》を鳴らすことがあるように、祭祀儀礼のある部分でそういう使い方をした可能性も十分あります。

ところで、歌の表現をそのまま事実として受け止めれば、竹玉を作ったのは母親自身であったと考えられます。それは、「たくさん紐を通した」と表現しているからです。一つでも多くの竹玉を作って、長く長く垂らした方がよいと考えられていたからこそ、「竹玉をしじに貫き垂れ」と表現したのだ、とわたしは思います。なぜならば、

……我《わ》がやどに　みもろを立てて　枕辺《まくらへ》に　斎瓮《いはひへ》を据《す》ゑ　竹玉《たかたま》を　間《ま》なく貫《ぬ》き垂《た》れ……

（挽歌　巻三の四二〇）

……言《こと》の忌《い》みも　なくありこそと　斎瓮《いはひへ》を　斎《いは》ひ掘り据《す》ゑ　竹玉《たかたま》を　間《ま》なく貫《ぬ》き垂《た》れ……

（相聞　巻十三の三二八四）

というように、「隙間なくたくさんの竹玉に紐を通して垂らす」という表現も確認できるからです。したがって、たくさん竹玉を作って垂らせば垂らすほどお祀りの効果が上がる、と考えられていたのではないでしょうか。

甕を据えた祭祀

次に注目したいのは、「斎瓮《いはひへ》に木綿《ゆふ》取り垂《し》でて」の「斎瓮」です。「いはひへ」の「へ」は、水やお酒を入れる甕《かめ》のことです。したがって、母は祭壇の前に甕を置いたと考えられるのです。このように、神を祀るために甕を置くことを、神酒《みき》を「スヱ（据）」ると表現することもありました。甕にあたる「へ」や、神酒を「スヱ（据）」ると表現した例を、ほかの歌にも認めることができます。前掲の巻三の四二〇番歌や、巻十三の三二八四番歌もそうでしたし、加えて、

泣沢《なきさは》の　神社《もり》に神酒《みわ》据《す》ゑ　祈れども……　（挽歌　巻二の二〇二）

斎串《いぐし》立て　神酒《みわ》据《す》ゑ奉《まつ》る　神主《かむぬし》の……　（雑歌　巻十三の三二二九）

と表現した例があります。なぜこのような言い方をするのかといえば、定められた期間その場所に甕を置くからだ、と思います。だから、据えるというのです。また、ユカがなく土の上に敷物を敷いて生活している家では、地面を掘って斎瓮を据えつけたので「斎瓮《いはひへ》を　斎《いは》ひ掘り据ゑ」（巻十三の三二八四）と表現しています。

イハフという行為は祀り手の生活態度をも規制する

この神に供える甕すなわち「ヘ」は、常に清浄に保つ必要がありました。ために、これを「イハヒヘ」というのです。「イハヒヘ」とは「イハフ」ための甕、すなわち清らかな甕を示す言葉です。「イハフ」という言葉も、たいそう説明が難しい言葉なのですが、忌み慎んで神を祀る行為と、ここでは一応解釈しておきます。四段動詞の「イハフ」という行為は、単に神を祀ることだけを説明する言葉ではありません。祀り手の生活態度をも含む行為を説明する言葉です。おそらく、次のような生活態度が求められたと推測されます。

まず、祭祀そのものを怠らないこと。定められた作法にのっとり、しっかり祭祀をしなくてはなりません。次に、お祀りをしている間は肉食を慎むとか、身を清浄に保つというような定められた禁忌（タブー）を守ること。さらには、恋人や夫を待つのでしたら、当然のことながら、操《みさお》を守るということも含まれていたとわたしは推測します。そのように、女たちが慎んで神を祀れば、旅に出ている男たちの身の安全は守られるのだ、と万葉びとは考えていたと思われます。

それはそのまま平安時代の「物忌《ものい》み」に通じるかもしれません。「物忌み」とは、宗教的理由によって、外出を控えたり、精進潔斎《しょうじんけっさい》をするなどして、身を慎む行為のことをいいます。

幣（しで）は垂（し）で

その「斎瓮」には、「木綿《ゆふ》取り垂でて」とあるように、「木綿」が取り付けられました。木綿は、植物の樹皮を裂いて水にさらして白くしたものです。一般的には、楮《こうぞ》が使用されていたようです。色は「木綿」を水しぶきの喩《たと》えとした歌もあるので、純白色だったと考えられます。おそらく、祭祀のなかでは白いことに意味があったのでしょう（巻六の九一二）。この木綿も、祭祀においてはなるべく長いものを作って垂らした方がよかったと見えて、「しでて」すなわち「垂らして」と表現されています。なるべく白く、なるべく長いものを甕に取り付けることによって、「斎瓮」を飾ったのではないでしょうか。それは、そのまま清浄なるものであることを表したはずです。

現在、神社では、注連縄《しめなわ》などに垂らす白紙のことを「シデ（幣）」と呼んでいますが、その語源を調べると「垂らす」という意味の下二段動詞「シヅ」からきていることがわかります。「シデ」は「シヅ」の連用名詞形なのです。しかしながら、万葉の時代は、木綿で「シデ」すなわち神事のために「垂らすもの」を作っていました。それが後に、紙製品によって代用されるようになったのです。ために、今日では紙を切って作った幣《しで》を、縄に垂らして注連縄とし、神域や神聖なものを表しているのです。したがって、万葉時代の木綿は、今日の幣や御幣《ごへい》の原型と考えてよい、と思います。そういった木綿を斎瓮に垂らしてすなわち「シデ」て、「我が独り子」のために母は祈ったのでした。

大伴坂上郎女の場合

このような女性の祭祀は、母と子の間だけで行われていたかというと、そうではありません。恋人であれ、家族であれ、愛する男性が旅立つ場合、女たちは同じような祭祀を行っていたようです。

天平十八（七四六）年、大伴家持《おほとものやかもち》は越中《えっちゅう》に赴くことになりました。当時の貴族たちは、平安朝の貴族たちと違って、ちゃんと任地に赴いて執務を行いました。彼らはきっちりと地方勤務を果たしていたのです。父の旅人《たびと》亡き後、叔母として家持の養育にあたったのは、大伴坂上郎女《おほとものさかのうへのいらつめ》であったろうといわれています。彼女はその後、実子の大伴坂上大嬢《おほとものさかのうへのだいぢやう》と家持を妻《めあ》わせました。つまり、家持にとって坂上郎女は、このとき叔母であるとともに、育ての親であり、妻の母だったわけです。おそらく年齢は、坂上郎女が五十歳前後。対して、家持は二十九歳前後だったと思われます（左ページ「大伴氏系図」参照）。

大伴宿禰家持《おほとものすくねやかもち》、天平十八年閏《うるひ》七月を以《もち》て、越中国守《こしのみちのなかのかみ》に任ぜらる。即《すなは》ち七月を取りて任所《にんしよ》に赴《おもぶ》く。ここに姑大伴 氏坂上郎女《をばおほとものうぢさかのうへのいらつめ》、家持に贈る歌二首

草枕
旅行く君を
幸《さき》くあれと
斎瓮《いはひへ》据《す》ゑつ
我《あ》が床《とこ》の辺《へ》に

草を枕とする旅
その旅ゆくおまえを
無事であれよと……
斎瓮を据えた——
わたしの床のあたりに

（巻十七の三九二七）

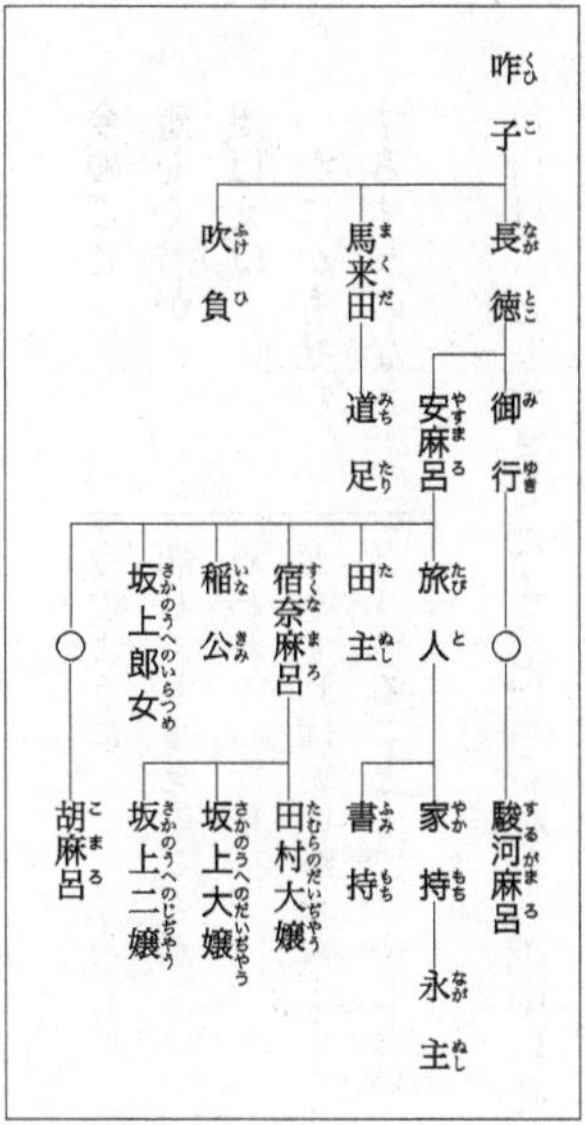

大伴氏系図

今のごと
恋しく君が
思ほえば
いかにかもせむ
するすべのなさ

今のように
恋しくおまえのことが
思われるのなら
どうすればいいかねぇ……
どうすることもできやしない──

（巻十七の三九二八）

一首目は、とりすましたように、これから越中に赴く家持の無事を祈って、斎瓮を据えて祭祀を行うことを宣言した歌、となっています。しっかりと家ではお祀りをしてあげるから無事にいってらっしゃい、というわけでしょう。ところが、二首目ではやるせない思いを隠すことなく、そのまま表現しています。どうすることもできないよ、と。このように歌の表現を分析してゆくと、旅行く男たちを待つ女たちの祭祀や「物忌みの作法」のようなものが、次第に明らかになってきました。

枕もとや、床で祭祀を行う

わたしがこの大伴坂上郎女の歌で注目したいのは、「斎瓮据ゑつ　我が床の辺に」という表現です。この表現から、家のなかのどの場所で祭祀を行ったかがわかるのです。つまり、自らの寝る床で祭祀を行っているのです。さらには、枕辺に斎瓮を据えたという例も確認できます。その一つは、すでに見た「我がやどに　みもろを立てて　枕辺に　斎瓮を据ゑ　竹玉を　間なく貫き垂れ」（巻三の四二〇）です。加えて、「防人《さきもり》が悲別《ひべつ》の心を追ひて痛み作る歌一首」という歌には、

……あり巡《めぐ》り　事し終《を》はらば　障《つつ》まはず　帰《き》り来《き》ませと　斎瓮《いはひへ》を　床辺《とこへ》に据《す》ゑて……

（巻二十の四三三一）

と表現されています。この部分は、夫が防人となって筑紫《つくし》に赴いている間の妻の様子を描写したところなのですが、そこに「斎瓮を　床辺に据ゑて」という表現があるのです。これらを勘案すると、どうも女たちの祭祀は、床のあたりを指す「床の辺」「床辺」や、枕のあるあたりを指す「枕辺」で行われていたようなのです。

ということは、そこは女たちが寝る寝室ということになります。もし、女たちが旅の安全を祈って待つ人物が、夫や恋人であるならば、そこは共寝をする寝室ということになります。

女性が果たすべき祭祀

ここまで、わたしは遣唐使の母の歌と、大伴坂上郎女の歌を通じて、旅行く男たちを待つ女たちの祭祀について考えてきました。これらは、旅先にある男たちの安全を祈る祀りといえます。そして、それはあるじ不在の家を守る女たちの祀りともいえるでしょう。そこで、万葉歌から推察できる女たちの祭祀のありようを整理してみます。

①祭具としては、竹を切って紐を通した竹玉を用いた。
②供物《くもつ》としては、神酒ないし水を甕に入れて供えた。
③その甕は、清浄なものでなくてはならなかった。その甕が清浄なものであることを表すのは、白い木綿であった。
④場所としては、「床の辺」「枕辺」といわれる女性の寝室が選ばれた。

女たちの嘆きの声とともに、万葉歌が伝えてくれるのは、以上の事柄だけです。これらのことを念頭に、この祭祀について、わたしなりの意見を述べてみることにします。まず考えなくてはならないのは、以上見てきたような女たちの祀りは、家や個人を単位として行われていた私的な祭祀であるということです。国家や村落に関わるものではありません。したがって、女たちは自らの手で、竹玉や木綿などの祭具を作って、自らの寝室に飾ったと考えられるのです。次に、考えなくてはならないのは、これらが「イハフ」という行為であるということです。「イハフ」という行為は、単に神を祀ることだけに留まりません。自らも身を清浄に保ち、身を慎む行為です。それは、後世の「物忌み」ともあい通じる行為です。

陰膳のごとき祭祀

したがって、この祭祀には、二つの側面があることになります。一つは、旅先にある男たちの安全の祈願という側面です。これが祭祀の目的といえるでしょう。もう一つの側面は、この祭祀はあるじ不在の家を守る女たちのいわば「物忌み」でもあったという点です。もちろん、それは表裏一体の関係にあります。なぜならば、女たちがしっかりと物忌みの作法を守って祭祀を行えば、男たちの旅の安全は保障されるのだと、当時は考えられていたからです。ここに、家を守る女と、旅先の男たちとの、精神的なつながりや、呪術的つながりを指摘することができます。

縷縷《るる》述べたことを勘案して、わたしは次のように考えを進めます。それは、女たちの祀りは、今日の陰膳《かげぜん》の習俗に近いものであったのではないか、ということです。陰膳とは、旅先にある人物の食事も家にいる家族と同様に作り、旅先にある人を偲んで供える習俗です。陰で供えるので「陰」膳というのですが、わたしはそれに近いものである、と推察しています。陰膳をするとその場にいない対象者を強く意識することになります。それは、たとえ離れていても、心は常にともにあるという気持ちを、かたちにする女たちの行為なのです。

旅びとの死、その意味付け

では、女たちがその果たすべき祭祀を怠った場合はいったいどうなるのでしょうか。万葉びとは、そういう場合には、旅びとに死が訪れると考えました。そういった考えがわかる歌が、巻十五に伝わっています。遣唐使についてはとみに知られているところですが、『万葉集』の時代、新羅《しらぎ》にも使いは出されました。これを「遣新羅使《けんしらぎし》」といい、遣わされた人びとのことを「遣新羅使人《けんしらぎしじん》」といいます。

『万葉集』の巻十五には、天平八（七三六）年六月に難波を出航した遣新羅使人の歌一四五首が一括して収載されています。遣唐使船同様に、ここで彼らを苦しめたのも嵐でした。さらにことを難しくしたのは、訪問先の新羅との外交関係の悪化です。そして、もう一つ大きな苦しみが彼らを待ち構えていました。疫病《えきびょう》が彼らに襲いかかったのです。その病に倒れた人物のひとりに、雪連宅満《ゆきのむらじやかまろ》がいます。往路の壱岐《いき》で、彼は息を引き取ります。まだ見ぬ新羅を前に。『万葉集』巻十五は、彼を悼む挽歌を次のように伝えています。

壱岐島《ゆきのしま》に至りて、雪連宅満《ゆきのむらじやかまろ》が忽《たちま》ちに鬼病《きびやう》に遇《あ》ひて死去せし時に作る歌一首〔并せて短歌〕

天皇《すめろき》の　遠《とほ》の朝廷《みかど》と
韓国《からくに》に　渡る我《わ》が背《せ》は
家人《いへびと》の　斎《いは》ひ待たねか
正身《ただみ》かも　過《あやま》ちしけむ
秋さらば　帰りまさむと
たらちねの　母に申《まう》して
時も過ぎ　月も経ぬれば
今日《けふ》か来《こ》む　明日《あす》かも来むと
家人は　待ち恋ふらむに
遠《とほ》の国　いまだも着かず
大和をも　遠く離《さか》りて
岩が根の　荒き島根に
宿りする君

〈反歌二首、省略〉

天皇の命によって　遠方に赴く者として
新羅へと　わたりゆく君は
家の者がイハフ祭りをして待たなかったあやまちのためか
さては自身の身のあやまちか……
秋がやって来たなら　帰りましょうと
たらちねの母に申して　旅立って
時もたち　月も過ぎた
だから　今日は帰るか　明日帰るのかと
家の者は　待ち焦がれているだろうに――
遠き国新羅へも　たどり着かず
大和をも　遠く離れて
岩だらけの　荒涼たる島で
永遠の眠りについてしまった君

（巻十五の三六八八）

宅満の命を奪った病は、「鬼病《きびやう》」と書かれていますが、これは今日の天然痘《てんねんとう》にあたるのではないかといわれています。この挽歌のなかに、鬼病になった原因が述べられている部分があります。その後半では「さては自身の身のあやまちか……」と述べられていますが、直前には「家人の斎ひ待たねか」と書かれています。つまり、家人が、「イハフ」祭祀をせずに待っていたからか、と原因を推定しているのです。

今日のわたしたちの感覚からすれば、死者に鞭打《むちう》つ感じもしますが、家人すなわち家を守る女たちの祭祀が当然のこととして行われていた当時においては、無理からぬ意味付けであったことでしょう。もちろん、それは結果論に基づく意味づけ、原因探しでしかありませんが、そういう理解があったこともまた事実です。

しかしながら、男たちは、それほど女たちの祀りを心の支えにして旅をしていた、と推測することもできるのです。

再び、博多の仏壇に

祖母もそうでしたが、今、母も毎朝ご飯を供えながら仏壇に向かって「ぶつぶつ」と何か言っています。たぶん、亡き夫とご先祖さまに語りかけているのでしょう。わたしは、祖母や母が供えたご飯は死者への陰膳だ、と勝手に考えています。これを万葉の女たちの祀りと重ね合わせてしまうと、万葉学者の妄言となってしまいますが。

第四章　女性と労働

キーワード
麻手刈り干し／東歌／かなし
男目線／水辺の労働

歩きながら考えたこと

第三章は、旅先の男たちと、家での女たちの祭祀《さいし》との関わりを論じながら、女たちの古代祭祀の世界についてお話ししました。第四章では、衣をめぐる女性労働について語ってみたいと思います。

わたしは、二十代から三十代の前半まで、古典研究と同時に、民俗学の調査・研究にも従事していました。祭礼調査や村落調査の場合、たいてい二年ないし三年はかけて聞き取りを行うのですが、それでもなかなかその生活というものはわかりません。結局、わかったのは、生活というものには多種多様な側面があり、それを分析するのにも多様な方法を学ばなくてはならない、ということぐらいです。

たとえば、都会育ちのわたしは、農漁村の調査をすると、第一次産業の多い農漁村ではやはり男性が威張っているな、と最初は思います。ところが、親しくなって話を聞いてゆくと、農漁村では男女が一緒に働く仕事も案外多く、けっこう「おかあちゃん」の発言力が強かったりもするのです。

現在ですら実態というものはわからないのに、断片的な古代の文献によって何かを復原するなどというようなことはしょせん不可能ではないか、と煩悶《はんもん》することすらあります。しかしそう言ってしまうと、このテキストも打ち切りになってしまいます。ですから、何とか古代の女性労働の世界を復原しなくてはなりませんね。

常陸娘子の歌

常陸守兼按察使《ひたちのかみけんあぜち》に、藤原宇合《ふぢはらのうまかひ》が任命されたのは、養老《ようろう》三（七一九）年七月のことでした。名門貴族・藤原氏の御曹司《おんぞうし》も、現在の茨城県に地方赴任したのです。

その御曹司・宇合も、無事に任期を全《まっと》うし、帰任することになりました。残念なことに、彼の帰任の年を確定することはいまだにできていませんが、当時の国司の任期を考えれば、四年から六年は常陸《ひたち》勤務をしたはずです。そして、晴れての平城京帰任。当然、送別の宴が催されたのでした。その宴に侍《はべ》った女性のひとりに、常陸娘子《ひたちのをとめ》という女性もいたはずです。彼女は、こう歌いました。

藤原宇合大夫《だいぶ》、遷任《せんにん》して京《みやこ》に上《のぼ》る時に、常陸娘子《ひたちのをとめ》が贈る歌一首

庭に立つ　　　　庭に立って
麻手《あさで》刈り干し　　麻を刈り干しして
布さらす　　　　布にしてさらすような
東女《あづまをみな》を　　田舎女でも　東女《あずまおんな》を……
忘れたまふな　　お忘れくださいますな　けっして、けっして

（相聞　巻四の五二一）

当然、「常陸」は国名です。対して、「娘子《をとめ》」は、若い女性に対する呼称です。しかし、これはたいへん不思議な言い方ではありませんか？　なにせ特定の人物を「茨城県のお嬢さん」と呼ぶようなものですから。この人物は、いったいいかなる人物だったのでしょうか。わたしは、今でいうなら「ミス常陸」というような言い方だった、と推測しています。なぜなら地名を冠したこの呼称法には、その土地を代表するという意味合いが込められていると考えられるからです。たとえば、「ミス○○大学」という言い方をすれば、その女性の美貌が問題となるでしょう。対して、「ミスター財務省」といえば、その省を代表するほどの実力のある男性、という意味合いが生まれます。ということは、「常陸娘子」は、「ミス常陸」にあたるのではないでしょうか。とすれば、送別の宴会には、その土地を代

表する美女が侍《じ》したのではないでしょうか。

宴席のざれ歌

宴席に侍る美女ということになれば、この女性は遊女だった可能性が大きくなります。その常陸娘子は、宇合に対してこう歌いかけます。麻を刈ったり、干したりするような「あづまをみな」をお忘れくださいますな――と。しかし、これは表の意味にしか過ぎません。

このように自分を卑下しつつ、お忘れくださいますな、というような女歌の表現は、実はたいへん微妙な歌いまわしなのです。なぜならば、これは、一夜のなじみになった客を、朝、遊女が部屋から送り出すときに歌う歌の常套的表現だからです。歌謡の類型表現からみると、そうなってしまうのです。ミヤコに帰っても、わたくしめを思い出してくださいまし、またお立ち寄りくださいというように。

ただし、宇合を弁護するために、ここではもう一つの読みを示しておきましょう。もし、遊女の客だった場合、こういう歌を宴会で披露されていちばん困るのは宇合本人のはず。実はそこが、歌い手の狙い目なのです。宴会のざれ歌というのはそういうものなのです。つまり、宴の主役の宇合をわざと困らすために、たとえ客でなくてもそう歌う可能性が大きいのです。宴会の歌というものは、そうやって囃《はや》したてて歌い、場を盛りあげるものなので、宇合と常陸娘子の関係を軽々《けいけい》に論じることはできません。

麻を干す女

わたしがこの歌で注目したいのは、常陸娘子が自らを卑下して、「田舎女」ということを強調するために、麻に関わる労働を歌い込んだことです。実は、古代においては、衣服に関わる生産活動は、例外なく女性労働でした。したがって、麻の種まきから刈り取り、繊維の取り出し、糸紡《つむ》ぎ、織り、仕立てにいたるまで、すべてが女性労働でした。

しかし、それだけでは、なぜ「東女」と「麻」が結びつくか、今ひとつわかりません。なぜ、麻なのか？　それは、麻が東国の特産品の一つだったからです。当時、東国からは、税として多くの麻がミヤコに献納《けんのう》されていました。つまり、ここで常陸娘子が麻の刈り干しを歌ったのは、それが東国の田舎女の代表的労働だったからなのです。「田舎女といえども、なじみの仲ではないか、お忘れくださいますな」というわけです。この歌を送別会で聞いたときの宇合の表情やいかに？　まわりは、やんやの喝采《かっさい》だったことでしょう。

さらす手作りさらさらに

次の歌も、東国の女性たちの労働を歌った歌です。取り上げるのは、「東歌《あづまうた》」と呼ばれる歌の一つです。『万葉集』の巻十四には東国各国の歌がほぼ国別に収載されています。地域別にまとめられた歌々には、明らかに東国なまりと認められる言葉が含まれています。「東歌」に作者はいるのか、「東歌」は東国地方の古代民謡かなどという点については、研究者によっても意見が分かれるところですが、はっきりしたことはいえません。ただいえることは、きわめて異彩を放つ巻であり、歌々であるということだけです。その東歌から、布曝《さら》しの歌をご紹介しましょう。

多摩川《たまがは》に
さらす手作《てづく》り
さらさらに
なにそこの児《こ》の
ここだかなしき

多摩川に
さらす手づくりではないけれど
さらにさらに……
どうしてあの子が
こんなにも恋しいんだろう――

（東歌　相聞　武蔵国　巻十四の三三七三）

多摩川は、秩父山地に発して東京湾に注ぐ、関東の人なら誰でも知っている、あの多摩川です。その多摩川での布曝しを読み込んだ歌が、『万葉集』には伝わっているのです。有名な歌なので、ご存じの方も多いと思います。

織った布を川で曝し、砧《きぬた》で打って干す、そしてまた曝す……という労働を繰り返さないかぎり、光沢のある柔らかい布はできてきません。川に入って布を曝すあの子が、どうしてこんなにもいとおしいのか……という男の嘆き歌です。

もちろん、お気づきの方も多いと思いますが、「多摩川に　さらす手作り」までは、「さらさらに」という言葉を引き出すための序（序詞）であって、この部分を実態と見ることはできません。しかしながら、「多摩川に　さらす手作り」の部分も含めて、この歌の詩的イメージはかたち作られているのもまた事実です。まるで、二重写しの映像のように。ですから、わたしは、川のなかに働いている「この児」をイメージしながら歌を解釈してもよい、と思います。そうしないと、詩の全体像を見失ってしまいます。むしろ序の、川で働く女性の景と、男性の「ここだかなしき」という情を二重写しする詩的イメージが、どう形成されたのか、ということを考えた方が、より生産的な議論になると思います。なぜ、いとおしく思えたのか、ということです。

それは、布曝しが、過酷《かこく》な労働だったからでしょう。しかしながら、布を曝す女をいとおしく思うというのは、男が恋をしているからにほかなりません。昔の古典の先生は、この歌を説明するとき、必ずこう教えたものでした。

「可愛そうだってぇこたぁ、惚れたってぇことよ！」

哀れみは、恋情に近いということです。愛する女が川のなかに入って布を曝す姿を見ると、さらにさらにどうしてどうしてこんなにもいとおしく思えてしまうのか、男は自問自答したのです。詩のイメージとしては、そう読んでもよいと思います。

男目線で女性労働を歌う

このように、女性労働を男の視線で歌う東歌はほかにもあります。それは、労働の分業がはっきりしていて、衣服生産に関わる労働・若菜摘みなどの採集に関わる労働・水汲みなどの労働は、みな女性労働だったからです。ために、その姿を男目線で歌うのだ、とわたしは考えています。もう一つ、これも人気のある東歌を紹介しておきたいと思います。

筑波嶺に
雪かも降らる
いなをかも
かなしき児《こ》ろが
布乾《にのほ》さるかも

筑波のお山に
雪でも降ったのかな
違うかなぁ
いとしいあの子が
布を干しているのかなぁ！

（東歌　常陸国　巻十四の三三五一）

いかにも大げさな喩《たと》えが、民謡的といわれてきた歌です。「筑波嶺に雪が降ったんじゃない！　あれはいとおしい俺の彼女が布を干しているのだ」ということを歌っているのですが、まさか干してある布と、雪を間違える人はいないはず。それは、最後のオチへの伏線となっています。いわんとするところは「やっぱり、あの子がいとおしい」というところに、当然あります。

紡ぐ労働

これまでの歌は、麻を刈る・天日に干す・水に曝すという労働でしたが、天日に干す前には糸を紡ぐ、という労働もあります。この歌も、男目線で、女性労働を歌う歌です。

麻苧《あさを》らを
麻笥《をけ》にふすさに
績《う》まずとも
明日《あす》着《き》せさめや
いざせ小床《をどこ》に

―――

麻の緒をね
麻笥いっぱい
紡いだとして……
明日お召しになれるわけでもありますまいな
だから　小床に一緒に入ろうよ――

（東歌　相聞　未勘国歌　巻十四の三四八四）

麻の繊維を紡いで麻糸にするためには、あらかじめ麻の繊維を蒸しておく必要があります。そうして、紡ぐわけですが、その紡ぐ直前の繊維のことをここでは「ヲ」と表現しているわけです。それが麻の「ヲ」であれば、「アサヲ」ということになるでしょう。「ラ」は複数を表しますから、「アサヲ」の山が複数、その場にはあったと考えられます。これから糸を紡ぐために。ちなみに「ヲ（緒）」というのは、糸状の細長い形状のものを一般的には言い表す言葉です。現代語の「へその緒（ヲ）」「下駄の鼻緒（ヲ）」も、この「ヲ」と同じと考えてよいでしょう。

次に、「麻笥《をけ》」とは、紡いだ麻糸を入れる容器のことであると、この歌の場合には解釈すべきです。つまり、「アサヲ」を紡いで麻糸にし、それを「ヲケ」に入れて保管するのです。「ふすさに」は「たくさん」「大量に」という意味を表す副詞です。対して「績《う》まずとも」は「ウマナクテモ」ということですが、「ウム」というのは紡ぐということです。

露骨な性表現の理由

「明日着せさめや」は、「明日着るわけでもないでしょう」という意味ですが、それはあたりまえのことです。なぜなら、数ヶ月単位で糸を紡ぎ、それをまた数ヶ月単位で織って、さらに一ヶ月近く水に曝したり干したりしてやっと布ができるわけですが、布ができたとしてもそこから仕立てるわけですから、「アサヲ」が明日服になるなどということは絶対にありません。明日、服として着るなどということは、まったくあり得ない話なのです。

しかし、そこにこの歌のユーモアの仕掛けがあるということは、もうおわかりでしょう。

「いざせ小床に」も解釈が難しいのですが、「小床」は寝床です。「いざせ」は「さぁ、何かしよう」という意味です。ここでは、当然「共寝」ということになります。なんとも露骨な表現ですが。

以上を総合して解釈すると「急いで紡いだとしても、明日着られるわけではないだろう、今日の仕事はそのくらいで切り上げて、共寝をしようよ」ということになります。おそらく、糸紡ぎに余念のない女性に歌いかけたのでしょう。

わたしは、こういった歌は、個人が個人に対して歌いかけたもの、というよりは、女たちをからかう男たちの歌である、と考えるのがよいと思っています。つまり、集団で歌われた歌である、と考えたいのです。働く女たちのもとに、男たちは集団で現れ、チョッカイを出すのでしょう。チョッカイを出すために女たちを挑発する歌だ、とわたしは考えています。もちろん、女たちも負けてはいなかったはずです。そうして、男女は互いに歌を掛け合って、じゃれあって遊んだのだと思います。だから、歌のなかで「いざせ小床に」というような露骨な性の表現ができるのです。

女たちの水辺の労働

そこで、今まで取り上げてきた歌の背景にあったと思われる麻に関わる労働を、『万葉集』自身のなかから拾い出してみました。歌は省略しますが、麻に関わるさまざまな労働を拾い集めて整理すると、次のようになります。このメモを見ていただくと、歌から得られる情報だけでも、さまざまな麻に関わる労働があったことがわかる、と思います。


蒔《ま》く……種まきの労働。俗に「麻百日」といわれるほど成長が早い。

育てる……下草刈り、庭での栽培や刈干しの労働もある。

引く……夏に麻を引き抜き、紡ぐ労働。

刈干し……引き抜き、運搬する労働。

麻打ち……繊維を叩きほぐし、「麻苧《あさを》」を取り出すために打つ労働。「麻苧」は紡ぐ前の麻の繊維のこと。

曝す・干す……繊維の質を高める労働。この作業で麻は白くなってゆく。

紡ぐ（績み麻をなす）……麻の繊維を紡いで糸を作る労働。

織る……機《はた》を織る労働。

布打ち……布を柔らかくし、光沢をだすために打つ労働。

布曝す・布干す……布打ち・布曝し・布干しという反復労働。

衣を作る……仕立てる労働。

洗い張り……麻の皺を取るのは洗い張り、洗濯は「解き洗ひ」をする。

以上のように整理すると、次のことがわかります。それは「刈る」「干す」「麻打ち」「紡ぐ」「織る」「布打ち」「衣作り」さらには「解き洗ひ」の各段階で、「曝す」「干す」「洗ふ」という作業が繰り返されるということです。衣に関わる労働は、きわめて反復性が高い労働なのですね。

これらの労働の多くは、特定の水辺で行われました。不純物を除去し、繊維を均一化し、光沢を出す。あるいは、漂白し、皺を取り、汚れを取り除くために、女たちは水辺の労働に従事したのでした。今日われわれは、衣に関わる労働の多くが水辺の労働であったことを、なかなか実感できません。たしかに見落としてしまいがちですが、今後は十分に注意を払うべき古代文化の研究の観点なのではないか、とわたしはひそかに考えています。

以上のように考えを進めてゆくと、男たちが水辺で働く女たちを見て、「かなし」と歌った理由が、少しはわかるような気がしませんか？

万葉の女たちへ

わたしは、古代の女性が太陽だったとも思いませんし、すべてが神に仕える巫女《ふじょ》だったとも思いません。一方で、重労働にあえぐだけの被害者だったとも思いません。たしかに、『万葉集』から書き出してみると、衣に関わる労働は、今日から見れば途方もない重労働です。しかも水辺の重労働です。

しかしながら、『万葉集』には一方で、恋人に衣を贈る喜びを歌った歌もたくさん収められています。また彼女たちは、共同で働く楽しみも喜びも知っていたはずです。そして、ときには男たちもチョッカイを出しにやって来ました。

たしかに、歴史には勝者も敗者も、被害者も加害者も、搾取した人間も搾取された人間もいます。けれども、その一面だけを見て何かを決めつけてしまうと、その時代時代の多様な側面を見落としてしまうような気がしてなりません。それは、わたしが民俗学から学んだことでもあります。

第五章　労働と家族

キーワード
大伴氏の庄／竹田の庄／稲縵／稲刈り
形見／早稲田／宅庄往来の文芸

K君から届いた野菜

第四章は、麻を中心に、衣に関わる女性労働についてお話ししました。第五章では、労働と家族のあり方の一側面を、巻八の世界から語ってみたいと思います。

ある時、友人のK君から、宅配便で土の付いた野菜が送られてきました。わたしは、突然なのはK君らしい、と思いました。妻は一瞬喜んだのですが、その後沈黙。土を洗い落とす手間を考えたようです。おもしろかったのは、娘の言葉でした――「お父さん、野菜が泥で汚れているよ」。当時、八歳の娘は、スーパーマーケットでしか野菜を見たことがないので、野菜が何らかの理由で土で汚れたのでは、と考えたようなのです。そうです。平成の万葉学者の家も、それほど、土から遠ざかっていたのです。お恥ずかしいかぎりです。

わたしは、Eメールで突然の贈り物の次第を確かめました。すると、K君は数年前から信州に別荘を持ったとのこと。うらやましいかぎりです。週末と夏・冬休みはそこで過ごしているとのことでした。わたしたち一家は、その別荘の菜園の分け前にあずかったわけです。わたしは、K君をうらやましく思いました。K君からの返信メールの最後には、こうありました。「二重生活も、またいいよ。休みの日、女房の顔見なくていいから喧嘩《けんか》もしないしね」と。わたしは、またK君をうらやましく思いました。

万葉貴族も二重生活者だった

本章も私事から話してしまいましたが、万葉時代の貴族もまた二重生活者だったのです。万葉貴族は、いわゆる官僚ですから、平城京内の「邸宅」に住むことが義務づけられていました。近年、ぞくぞくと出土している木簡を見てゆくと、その生活実態がわかります。木簡のなかには、役人の出欠管理に使われたと思われるカードもありますし、採用試験や昇進試験に備えての学習ノートらしきものも出土しています。さらには、人事考課の報告書すら出土しているのです。

彼らは、ミヤの周辺に住み、イヘ（邸宅）からミヤに出勤して働き、またイヘに戻ったのでしょう。それが、彼らのミヤコでの生活でした。『万葉集』を読むと、大伴家持《おほとものやかもち》を代表とする名門貴族大伴氏も、平城京の東北の佐保《さほ》に、邸宅を持っていたことがわかります。

大伴氏の庄

しかし一方で、万葉貴族は、京の外に自らが経営する田圃《たんぼ》や菜園も持っていました。それが、「庄」です。一般には、これを「タドコロ」と読んでいます。『万葉集』をひもとくと、大伴氏の場合、確認できるだけでも、二ヶ所の「庄《たどころ》」を持っていたことがわかります。

竹田……現、奈良県橿原《かしはら》市東竹田町付近。耳成山《みみなしやま》山麓。
跡見《とみ》……現、奈良県桜井《さくらい》市外山《とび》付近。三輪山《みわやま》山麓。

『万葉集』を代表する女性歌人・大伴坂上郎女《おほとものさかのうへのいらつめ》は、「跡見」のことを「ふるさと」とも表現していますから、父祖伝来の領地というような意識があったのかもしれません（巻四の七二三、第六章参照）。本章を読んでいただければ、秋の一日、耳成山山麓と三輪山山麓を逍遥《しょうよう》したくなるのではないかと思います。

しかし、彼らは平城京のミヤコの邸宅に住んでいますから、たぶん管理人をおいていたはずです。その管理人が、日常的には庄の管理をしていたはずです。大量の木簡が出土した長屋王《ながやおう》邸宅の木簡には、王が所有していた郊外の農園の管理人たちの名前を確認することができます。王や貴族たちの食卓に並んだ米や野菜の多くは、こういった庄から届けられたものであった、と考えてよいでしょう。

日ごろは管理人に任せている庄にも、おそらく春と秋には出向いたはずです。作付けと収穫には、立ち会う必要があったからです。

大伴坂上郎女の天平十一年、秋

わたしたちは『万葉集』をひもとくことによって、大伴坂上郎女が天平《てんぴょう》十一（七三九）年の秋八月と九月に、竹田の庄に赴いたことを知ることができます。歌を見る前に、七三九年前後における、大伴坂上郎女の氏族のなかでの立場について話しておきたいと思います。彼女は、大伴旅人《おほとものたびと》の異母妹です。神亀《じんき》五（七二八）年に、旅人の妻である大伴郎女《おほとものいらつめ》が大宰府《だざいふ》で没すると、急ぎ大宰府の旅人のもとに駆けつけて、没後の諸事を処理しています。そして、傷心の旅人より少し前に、平城京に戻ったようです。それも束の間、天平三（七三一）年の七月二十五日、旅人は、不帰の客となってしまいます。これについては、第三章で述べましたね。通説によって、旅人の嗣子《しし》である大伴家持の年齢を計算すると、このとき十五歳。旅人の死は彼女にとって、人生の大きな岐路《きろ》となったはずです。彼女は、少年家持の成長を待ちつつ、大伴氏を切り盛りしてゆかなければならない立場になったのですから。

　そうして、本章で話題にする天平十一（七三九）年がやって来ます。この年、一族の安泰を願う彼女には、大きな仕事が待っていました。それは、実子である大伴坂上大嬢《おほとものさかのうへのだいぢやう》と、家持とを結婚させることです。ときに家持は二十二歳、大嬢十八歳、そして坂上郎女は、四十歳前後であろう、と思われます（65ページ「大伴氏系図」参照）。

家族再会

話は、その年の秋のことです。平城京での勤務のある家持に代わって竹田の庄に赴いたのは、坂上郎女でした。そこに、家持がやって来ます。

　大伴家持、姑《をば》坂上郎女の竹田《たけた》の庄《しやう》に至りて作る歌一首

玉桙《たまほこ》の
道は遠《とほ》けど
はしきやし
妹《いも》を相見《あひみ》に
出《い》でてそ我《あ》が来《こ》し

玉桙の道
その道は遠かったけれど
愛する
あなたさまにお目にかかるために
ミヤコからわたくしは出てまいりましたよ
（こちらに顔を出すのも大変なんですから）

（秋の相聞　巻八の一六一九）

大伴坂上郎女の和《こた》ふる歌一首

あらたまの
月立つまでに
来《き》まさねば
夢《いめ》にし見つつ
思ひそ我《あ》がせし

あらたまの月
その月が月がわりするまで
お見えにならないから……
夢に見ながら
わたくしめは　恋いこがれておりましたぞ

右の二首、天平十一年己卯《きぼう》の秋八月に作る。　（秋の相聞　巻八の一六二〇）

家持の歌の「妹（イモ）」は、通常は男性から見て恋人に対して呼び掛ける言葉です。したがって、叔母に対して使用するのは、異例ということになります。では、なぜそういう異例な言い方をしたのでしょうか？　それは、少しふざけて、「庄」への訪問を逢引きにやって来たかのように表現したのです。叔母はそれを受けて、男を待ちわびた女として返歌したのです。簡単にいえば、切り返したのです。

「道のりは遠いが、わざわざやって来ました」という家持の丁重な表現に対して、坂上郎女は「月が変わってもやって来やしないから、夢にまで見てしまいましたよ！」と答えています。

皮肉を言われた家持

坂上郎女の歌には、「どうして来てくれなかったの？」と、恋人を困らすニュアンスがあります。家持にしてみれば、平城京での勤務もあったでしょうし、「宅」を留守にするわけにもいかなかったでしょう。つまり、家族で、仕事の分担をしているのです。

そんななかで、延び延びになっていた竹田の庄への顔見せがようやく実現したのでしょう。「月が変わるまでいらっしゃらないので……」という表現は、延び延びになっていた訪問を、明らかに皮肉った表現です（恋人にすねるように）。

そして実際にも、坂上郎女の「庄」下向は、月をまたいだのだと思います。「庄」への下向が月をまたぐことは、坂上郎女が跡見の「庄」へ下向していたときにもあったようです。巻四の七二三番歌、巻八の一五六〇番歌などに出てくる「月ごろ」とは、数ヶ月にわたってという意味で、竹田と跡見の「庄」への下向期間は、実際に数ヶ月単位だったらしいのです。収穫された稲の検分、稲刈りを手伝った人への慰労、税関係の雑用などで、この時期、坂上郎女は多忙を極めていたに違いありません。家持は家持で、坂上郎女でそれぞれ忙しかったのでしょう。

「玉梓の　道は遠けど」という距離

ちなみに、わたしは大伴氏の「宅」のあった奈良市法蓮町《ほうれんちょう》から、耳成山の麓の橿原市東竹田町までの約二〇キロを歩いたことがあります。ゼミの学生と朝八時に出発すると、午後三時前には到着することができました。馬ならば、時間をこの数分の一に短縮できるでしょう。これが、「玉桙の　道は遠けど」という距離です。けれど、問題とすべきはその距離をどう歌に表現しているか、ということです。「玉桙の　道は遠けど」という表現は、おそらく「苦労シテ来タンデスヨ！」ということをいわんがための家持の予防線だと思うのです。家持は、延び延びになっていた訪問に対する叔母の非難を予想して、誇張表現で予防線を張ったのでしょう。わたしはそのあたりを忖度《そんたく》して、家持歌は少し弁解がましく訳しましたし、郎女歌は家持を困らせるように、少し慇懃無《いんぎんぶ》礼《れい》に訳してみました。

庄で秋を感じる

家持は久しぶりの再会を果たして、平城京に戻りました。するとまた、郎女は淋しさを募らせます。九月になって、大伴坂上郎女は、次のような歌を歌っているのです。

大伴坂上郎女、竹田の庄にして作る歌二首

然《しか》とあらぬ	たいそうな広さもありゃしない
五百《いほ》代小《しろを》田《だ》を	五百代のちっちゃな田んぼを
刈り乱り	刈り乱して

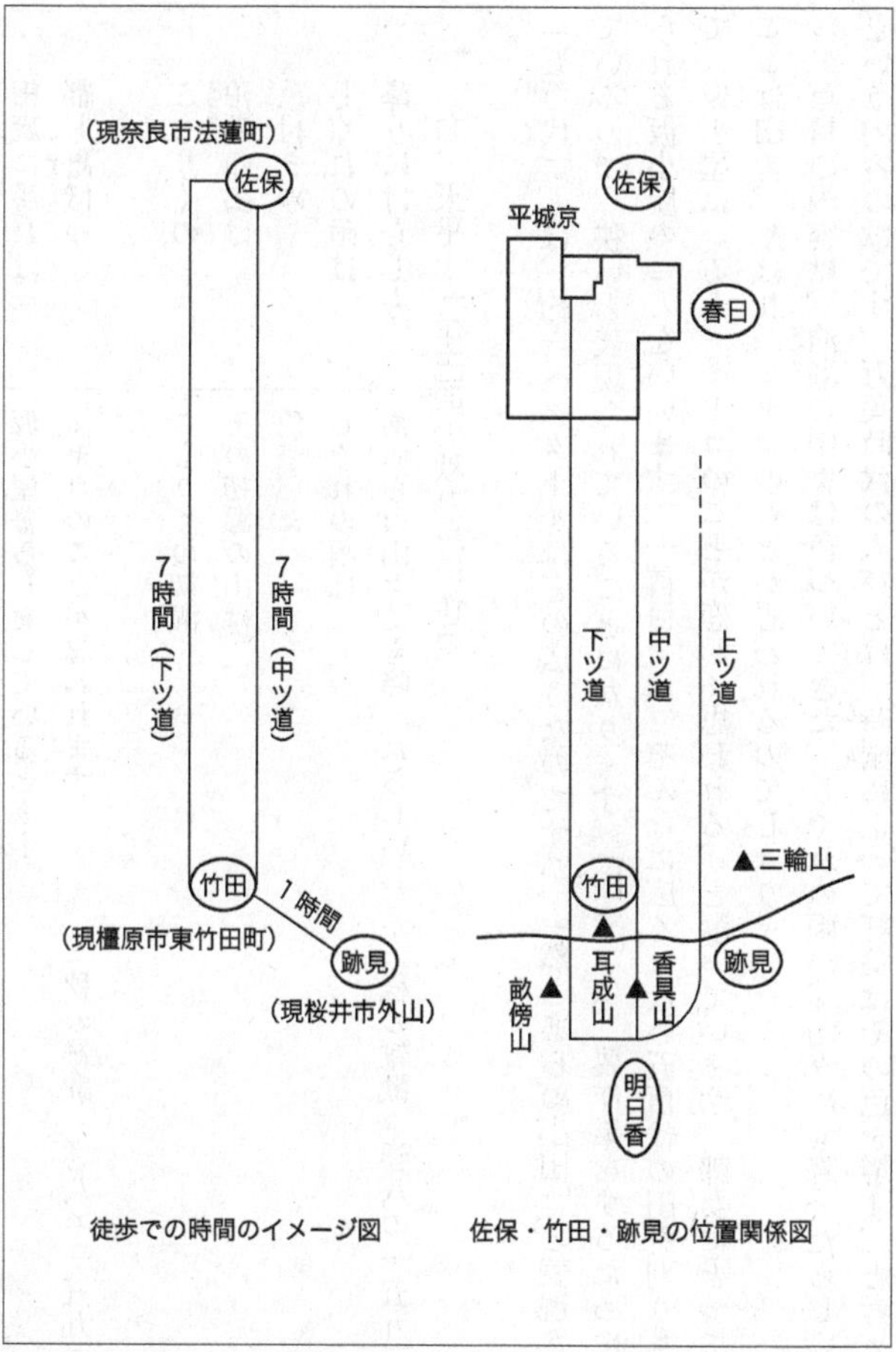
(現奈良市法蓮町)
佐保
7時間(下ツ道)
7時間(中ツ道)
竹田
1時間
(現橿原市東竹田町)
跡見
(現桜井市外山)
佐保
平城京
春日
下ツ道
中ツ道
上ツ道
▲三輪山
竹田
跡見
畝傍山
耳成山
香具山
明日香
徒歩での時間のイメージ図
佐保・竹田・跡見の位置関係図

大伴氏の「宅」と「庄」

田廬《たぶせ》に居《を》れば
都し思《おも》ほゆ

――仮小屋暮らしをしていると……
ミヤコのことが思われます

（秋の雑歌　巻八の一五九二）

こもりくの
泊瀬《はつせ》の山は
色付《いろづ》きぬ
しぐれの雨は
降りにけらしも

――こもりくの初瀬
その初瀬の山は
色づいた
しぐれの雨は
あちらの山々でも降ったらしいわ

（秋の雑歌　巻八の一五九三）

右、天平十一年己卯《きぼう》の秋九月に作る。

「五百代《いほしろ》」とは、約一ヘクタールほどの広さなのですが、「然とあらぬ小田」と表現されているので、狭いと表現されていることになります。「田廬《たぶせ》」は、農作業をするために作られる仮小屋のことをいいます。一首目では、そんなに広くはない五百代の田を刈り乱して、仮小屋にいると、ミヤコのことが恋しく思われる、と歌っています。郎女にとっては、ここは田舎。やはり、ミヤコのことが思われるのでしょう。

二首目の内容は、泊瀬《はつせ》の山々は色づいてきた、しぐれの雨が、山々にも降ったらしい、という内容の歌です。万葉時代の人びとは、時雨《しぐれ》によって紅葉はその色を増す、と考えていたのです（巻十の二一九六）。泊瀬（初瀬）は、奈良盆地から見て三輪山の背後に隠れる小地域を指す言葉なのですが、東竹田町からは三輪山と泊瀬の山々を望むことができます。彼女は、庄で季節のうつろいを感じたのでした。

当然、彼女は、ミヤコに帰りたいのです。

心と心を結ぶ手紙

さて、同じ九月、坂上大嬢《さかのうへのだいぢやう》が「竹田の庄」ないし「跡見の庄」と思われる場所から、家持に歌を贈っています。地名が詠み込まれていないのでどちらかは特定できませんが、大嬢も庄に下向していたのです。その時期が、坂上郎女の竹田の庄滞在期間と重なるのか、重ならないのか、判断できません。母と娘は一緒に滞在していた可能性も高いと思われます。ともあれ、大嬢が庄に下向し、そこから平城京の家持に歌を贈ったということだけは確かです。

そこで、書簡で行われたであろう歌の往来にしたがって、歌を順次見てゆきましょう。

坂上大嬢、秋の稲縵《いなかづら》を大伴宿禰《すくね》家持に贈る歌一首

我《わ》が業《なり》なる　――これはね　わたしが蒔いて育てた

早稲田《わさだ》の穂立《ほたち》　早稲田の稲穂よ

作りたる
縵《かづら》そ見つつ
偲《しの》はせ我が背

わたしが作った
縵を見ながら
わたしのことを思い出してちょうだいよ

（秋の相聞　巻八の一六二四）

大嬢は、稲で作った縵《かずら》を、平城京の家持に贈ったのでした。縵とは植物で作った髪飾りのことをいいます。『万葉集』をひもとくと、いろいろな植物の縵があったことがわかります。青柳・菖蒲草《あやめぐさ》・百合《ゆり》・橘などの縵があったようです。輪にして頭にのせるか、髪に挿すかして、髪飾りにしたようです。歌は、わたしが自分で蒔いた早稲の稲穂で作った縵を見ながら、私のことを思い出してください、というほどの内容です。つまり、縵に歌を添えて家持に贈ったのです。今でいうなら、メッセージ・カード付きのプレゼントということになりましょうか。

こちらでは、元気に稲刈りやってます!

では、大嬢は、なぜ稲縵を家持に贈ったのでしょうか。おそらく、それは、自分が庄で元気に稲刈りに従事していることを、家持に伝えたかったからではないでしょうか。おそらく、この稲縵は、稲刈りに関わる何らかの儀式ないし神事に使われた稲縵ではなかったか、と思われます。たぶん、これから刈り入れがはじまることを宣言する儀式で使われた稲縵を、大嬢は家持に贈ったのでしょう。ちなみに、早稲田大学の「早稲田」とは、収穫の早い早稲種が植えられているか、日当たりがよく収穫が早い田をいう言葉です。

神事のお下がりの稲縵を受け取った家持は、一族の「庄」の今を思い浮かべるとともに、そこで働く家族のことを思いやったことでしょう。それにしても、庄で働いたことを、まるで勝ち誇ったようにいう言い方に、お茶目な訳をつけてみました。大嬢の表現には屈託がありませんよね。

「宅」から「庄」へ

これに対して、家持は平城京から庄に返事を贈りました。

大伴宿禰家持が報《こた》へ贈る歌一首

我妹子《わぎもこ》が
業《なり》と作れる
秋の田の
早稲穂《わさほ》の縵《かづら》
見れど飽《あ》かぬかも

いとしいあなた様が
それはもうご本職として作った
秋の田の
早稲穂の縵は……そりゃあ、もう
見ても見ても見飽きることなんてありませんよ

（秋の相聞　巻八の一六二五）

家持の答えは、滑稽なほど大げさなものです。「業《なり》と作れる」は、専門の職業として作ったということなのですが、大嬢の歌の「我が業なる」に込められた自負を、家持が汲み取って答えたものでしょう。

しかしながら、ミヤコ育ちの貴族のお嬢様の大嬢が、直接農作業をしたなどとは、とうてい思えません。坂上郎女や大嬢がした仕事は、農作業の監督、視察、事務などに留まるものだった、と思います。しかし、それとて立派な労働ですが。

けれど、そうであっても大嬢は「我が業なる」と歌い、家持は「我妹子が　業と作れる」と返したのでした。屈託なく新妻ははしゃぎ、家持はそれを知りつつほめるのです。妻「スゴイデショ！」、夫「ハイ、ソノトオリデゴザイマス！」という呼吸でしょうか。

届けられた妻の下着

そして、この九月には、庄の大嬢から、平城京の家持のもとへもう一つ大切な贈り物が届きました。それは、大嬢の下着です。下着を受け取った家持が庄の大嬢に贈った歌が、続いて収載されています。

また、身に着る衣《ころも》を脱きて家持に贈りしに報《こた》ふる歌一首

秋風の
寒《さむ》きこのころ
下《した》に着《き》む
妹《いも》が形見《かたみ》と
かつも偲《しの》はむ

秋風が
さむーいこのごろはね
下に着込むことにしましょう
おまえさんの身代わりとして
ともかくは偲ぶよすがにしましょう

（秋の相聞　巻八の一六二六）

右の三首、天平十一年己卯《きぼう》の秋九月に往来《わうらい》す。

ここでいう「形見」とは、もらった相手を偲《しの》ぶよすがとなる品のことをいいます。ただ現代と違うのは、死に別れのときだけでなく、生きて別れるときにも贈答するものだった、ということです。まさに、贈られた物を見ることによって、贈った相手の姿を心のなかで見る、すなわち偲ぶ物が「形見」なのです。大嬢は身につけていた下着を脱いで、「形見」として家持に贈ったのでした。そのお礼を述べた歌が、この歌なのです。「秋風が寒くなってきたこのごろ、衣の下に着込みましょう」という表現の言外には「稲刈りが済むまで、共寝はできないわけですから」という気持ちが込められていると思います。

着ている下着を脱いで恋人に贈るということは、現代人からみるとやや奇異な行動とも映りますが、古代においては一般的に行われていた習俗だったようです。恋人どうしや夫

婦が下着を交換するのは、普通に行われていた愛情表現だったのです（巻七の一〇九一）。折しも、稲刈りの進捗《しんちょく》とともに秋風も冷たくなってゆく頃。家持は、妻の下着を抱いて夜を過ごし、妻の帰りを待ったのでした。

宅と庄の二重生活、家族と労働

ここで、これまで見てきた家持（平城京の宅）と、大嬢（庄）との歌の往来を整理しておきたい、と思います。

①　大嬢から稲縵とともに、それを自慢する歌が家持に届く（庄→宅／歌と稲縵）。
②　それに対して、家持がお礼の歌を返す（宅→庄／歌のみ）。
③　さらに、大嬢から下着が届く（庄→宅／下着のみ）。
④　それに対して、家持がお礼の歌を返す（宅→庄／歌のみ）。

というやり取りがあったことが、『万葉集』からわかるのです。それらは、農作業の進捗を歌い、季節の推移を歌い、互いの健康を気遣う相聞歌《そうもんか》であると同時に、万葉貴族の小さな旅だったのです。わたしは、これを「宅庄《たくしょう》往来の文芸」と名づけています。

万葉貴族、家族の肖像

正装した姿を伝えるベラスケスの気高き家族の肖像、デジカメで撮る家族の記念写真、そして家族で写したプリクラ。わたしたちは、なぜ家族の肖像を残そうとするのでしょうか？

それは、わたしたちが、その家族が永遠に存続するものではないということを知っているからです。人間というものが、有限の時間を生きている生物である、ということを知っているからです。

『万葉集』巻第八は、天平時代を生きた家族のそれぞれの秋を伝えてくれています。そこには、稲の収穫をめぐって、領地に下向した女たちと、平城京に残って執務をこなしていたであろう官僚の姿が映し出されていました。わたしは、土の付いた野菜を洗いながら、こんなことを考えました。

第六章　家族と愛情

キーワード
オモチチ／アモシシ／婚姻承諾権
小山田の鹿猪田／古代母系社会／我が子の刀自

父親というもの

第五章は、労働と家族のあり方の一側面を、大伴氏の人びとの歌を通じてお話し致しました。第六章では、母と娘の関係についてお話ししてみたいと思います。

とあるシンポジウムで、文化庁長官でいらした心理学者の故・河合隼雄《かわいはやお》さんとご一緒させていただく機会を得たことがありました。シンポジウムがはじまる前に、河合先生と打ち合わせもかねて、お話しさせていただきました。そのときに、河合先生がふとこんなことを話してくださいました。話が、母系社会の問題に及んだときのことです。

母の歴史は数万年、父の歴史は数千年。しょせん、勝負にはなりませんよ。どんな動物でも、母親は子どもが生後まもなく認知するでしょうが、父親は子どもから認知されないまま終わる動物が多いのではないですか。お父さんの居場所というのは、ずっと遅れて人間社会に定着したものですからね……。

たしかに、『万葉集』を見ていても、父親の影は薄いのです。なぜなら妻問婚《つまどいこん》では、父親というのは子どもの同居者ではないからです。万葉歌では両親を並べて呼ぶ場合、母親を先にいう呼び方も存在するのです。

両親をどう呼ぶか

しかしながら、現代では両親を表現する場合、「チチハハ」と表現します。これを「ハハチチ」のように表現することはほとんどありません。間違いではありませんが、一般的、慣習的な表現ではないので、「ハハチチ」と言うとその理由を聞き手から必ず問い返されるでしょう。したがって、現代の日本では両親を呼ぶときには、父親を先に呼ぶ方が一般的かつ慣習的な表現形式である、と結論づけることができます。もちろん、『万葉集』にも、現代と同じように「チチハハ」（巻五の八〇〇）という表現形式も存在します。しかし、『万葉集』には先ほど述べたように、反対に母親を先にいう表現もあります。「ハハ」の古語と考えられる「アモ」「オモ」、「チチ」の方言と考えられる「シシ」を組み合わした「オモチチ」「アモシシ」という表現形式が『万葉集』にはあるのです。防人《さきもり》の歌に、次のような歌があります。

ちはやふる　　あらたかなる神
神のみ坂に　　その神おわします峠に
幣奉《ぬさまつ》り　　幣《ぬさ》奉って
斎《いは》ふ命《いのち》は　　大切にする命は……
母父《おもちち》がため　　誰あろう母と父のため——
右の一首、主帳《しゆちやう》埴科《はにしな》郡《のこほり》の神人部子忍男《みわひとべのこおしを》（巻二十の四四〇二）

神のおわします恐ろしい峠を越えるときに、作者・神人部子忍男は峠の神に幣《ぬさ》を奉って、その無事を祈ったのでした。ここでいう幣とは、木綿や麻などで作った神への捧げ物のことです。この幣を神に捧げることで、無事に峠を通してもらうのです。『万葉集』には、行路《こうろ》死《し》人歌《にんか》といって、行き倒れの人を歌う挽歌もあるくらいですから、捧げ物をして峠越えをする心情も理解できます。しかし作者は、無事を祈るのは自らのためではなく、「オモチチ（母父）」のためだと歌っているのです。なぜなら、自分が死ねば、いちばん悲嘆に沈むのは両親だと知っているからです。信濃国《しなののくに》からやって来た防人は、歌のなかで「オモチチ」と母親の方を先に呼んでいるのです。このように母親を先に呼ぶ表現は、『万葉集』のなかに全部で八例あります。もちろん、訓読にゆれはありますが、示してみると次のようになります。

オモチチ……巻三の四四三、巻十三の三三三六、巻十三の三三三七、巻十三の三三三九、巻十三の三三四〇、巻二十の四四〇二

アモシシ……巻二十の四三七六、巻二十の四三七八

示した例のごとくに、母親を先に呼ぶのは、通説では日本の古代が母系社会であったからだといわれています。母系社会とは、父から息子へという財産や地位の継承よりも、母から娘へという継承を主軸として考える社会のことをいいます。妻問婚は、そういう母系社会に定着していた婚姻形態といえるでしょう。

儒教の浸透と家父長権の確立

この用例に着目した、わたしの恩師・桜井満《さくらいみつる》（一九三三—九五）は「両親をオモチチ・アモシシという表現は、説かれるように、母系制時代の呼称の名残りとみられる古い表現形式であり、チチハハというのは、家父長権《かふちょうけん》の確立とかかわる新しい表現形式と認めてよいであろう」（『万葉集の風土』）と述べています。さらに桜井は、この「オモチチ」「アモ

シシ」という表現が、東山道《とうさんどう》の防人歌《さきもりのうた》のみに登場することに着目しました。このことから、東山道よりも東海道の方にいち早く家父長権という考え方が浸透していったのではないか、と推定したのです。父親を尊重し、父系を重んずる考え方は、儒教の受容とともに浸透してきたと考えることができますから、畿内《きない》を中心に浸透していったであろう儒教が、両親の呼称法に影響を与え、この影響をいち早く受けた東海道地域では父を先に呼ぶことが一般的になっていったのではないか、と桜井は用例の偏《かたよ》りから読み取ったのです。それに対して、東山道地域では、まだそうはなっていない。このことから、当時後進的地域であったと考えられる東山道に、「オモチチ」「アモシシ」という「母系制時代の呼称」の名残が残っていたのだ、と桜井は推定したのでした。

母と娘

大伴家持《おほとものやかもち》が、父・旅人《たびと》に深い敬意を持っていたことは歌からわかりますし、父・息子関係は古代社会においても重要な関係であったと思われます。一方で、『万葉集』には、母と娘の深い関わりを感じさせる歌もたくさんあります。ことに娘の結婚に関しては、母親がその承諾権を持っていたようです。婚姻承諾権とは婚姻を認める権利のことです。こんな歌もあります。

心合へば
相寝《あひぬ》るものを
小《を》山田《やまだ》の
鹿《し》猪《し》田《だ》守《も》るごと
母《はは》し守《も》らすも
〔一に云ふ、「母が守《も》らしし」〕

心と心があったなら
共寝もしましょうものを
山の小さな田んぼ　それを見張るように
それは鹿や猪の出やすい田んぼ
おかあさんが見張っているのよ
〔一つの伝えでは
「見張っていたのよ」〕

（相聞　寄物陳思　巻十二の三〇〇〇）

「小山田」とは、山間地の田圃《たんぼ》のことなのですが、山間地の田圃は獣害を受けやすかったので、厳重な見張りを必要としました。見張り小屋を作って、やって来る獣を弓で射たのです。それが、喩《たと》えにおもしろく使われていますね。内容は、フィーリングさえ合えば共寝をしてしまうものなのに、「小山田の鹿猪田」を見張るようにお母さんが私を見張っているのよ、というくらいの意味になります。この歌を通じてわたしが読み取りたいのは、母の娘への執拗《しつよう》なまでの見張りです。「わたしに無断で娘に近づくやつは許さんぞ」というほどの。しかし、それでも娘は男との自由な恋愛に生きたいのです。

この歌は、古代母系社会における母親の役割を論ずるときに必ず引用されますが、こと娘の結婚に関しては、母親に婚姻承諾権があったことを推定させる歌です。それは、母親から娘へと継承される権利や財産が、かなり存在していたからではないでしょうか。そういう場合、母親はおいそれと娘のいいなりに結婚相手を決めるわけにはゆかなかったのでしょう。さらに、坂上郎女《さかのうへのいらつめ》と、その娘・大嬢《だいぢやう》との歌を通じて、母と娘との関係を見てゆきましょう。

ふたたび大伴坂上郎女と大嬢

次に紹介する長歌《ちょうか》は、注記がなく制作年代が不明なのですが、研究者によっては前後の関係から同じ天平《てんぴょう》十一（七三九）年の歌と見る人もいます。坂上郎女は、跡見《とみ》の庄から、娘・大嬢にこんな歌を贈りました。

大伴坂上郎女、跡見の庄より、宅《いへ》に留《とど》まれる女子《むすめ》大嬢に賜ふ歌一首〔并せて短歌〕

常世《とこよ》に　我《あ》が行《ゆ》かなくに
小《を》金門《かなと》に　もの悲しらに
思へりし
我《あ》が子の刀自《とじ》を
ぬばたまの　夜昼《よるひる》といはず
思ふにし　我《あ》が身は痩《や》せぬ

あの世にね　私が行ってしまうわけでもないのにね
門口で　もの悲しそうに
沈み込んでいた
我が子、それも私が留守の間は刀自なんだが　お前をねぇ
ぬばたまの　夜となく昼となく
思い出していると　私の体は痩せ細ってしまったよ

嘆くにし　袖さへ濡れぬ
かくばかり　もとなし恋ひば
故郷《ふるさと》に　この月ごろも
ありかつましじ

お前のことを嘆くとね　袖も涙で濡れ通ってしまったよ
こんなにもむしょうに恋しく思うとね
「故郷」といったって　この数ヶ月
いられたもんじゃない――
（相聞　巻四の七二三）

反歌

朝髪《あさかみ》の
思ひ乱れて
かくばかり
なねが恋ふれそ
夢《いめ》に見えける

朝寝髪ではないけれど
思いは乱れて
こんなにも
おまえさんが恋しがっているから……
おまえさんが昨夜も夢に現れたんだね
（相聞　巻四の七二四）

右の歌は、大嬢が進《たてまつ》る歌に報《こた》へ賜ふ。

はじまりは、平城京の宅の門口です。あの世に、私が行ってしまうわけでもないのに、宅の門口でもの悲しそうにしていた、我が娘である刀自《とじ》（大嬢）を……とは、誰あろう庄へ旅立つ郎女を見送る娘の姿なのです。

そして、郎女は次に自身の今を歌います。それは、自分の様子を大嬢に報《しら》せるためでした。我が娘である刀自を、夜昼といわず、思い出していると、我が身は痩せてくる、嘆いていると、袖さえも濡れてくる、と郎女は歌います。つらいのは、わたしもおんなじだよ、ということがいいたいのでしょう。

これも一つの恋歌

さらに長歌の末尾部では、この部分を受けて、帰京と再会への切ない思いを、こんなにもむしょうに恋い慕うと、故郷である跡見の庄に、この数ヶ月いることに耐えられないよ、と歌うのです。ここで注意しなければならないのは「かくばかり　もとなし恋ひば」の対象となる「あなた」が、大嬢であるということです。痩せるばかりの恋、涙にくれる恋の対象となっているのは、我が娘にほかなりません。つまり、この歌は娘への一つの恋歌になっているのです。

跡見は大伴氏の本拠地の一つであり、父祖伝来の「故郷」でありました。故郷にいれば淋しいはずなどないのですが、そんなにもあなたが恋しがると帰りたくなってしまう、と表現しているのです。「故郷」であっても、その淋しさは、いかんともしがたいのです。

これに対する反歌は、恋歌表現の典型ともいうべきものです。朝髪ではないが、思い乱れて、そんなにもおまえさんがわたしのことを恋い慕っているから、おまえさんの夢を見てしまったよ、というのです。これは、相手が強く自分のことを思うと自らの夢に出る、という俗信を背景にした表現です。題詞《だいし》を外して、それだけを独立させて読むと男性への恋歌のようにも見えてしまいますね。

「我が子の刀自」という言い方

以上のように見てゆくと、この歌は、母が娘にさとす歌だったようですね。大嬢は十八歳で、家持の妻として、一族のなかで応分の役割を果たすべき歳となっていたはずです。ところで、歌のなかに出てくる「刀自」とは、年配の女性を指す呼称なのですが、その主たる役割は「宅」の管理などの切り盛りを行うところにあります。当時、大伴氏のなかで「刀自」という立場にあったのは、大伴坂上郎女その人でした。娘・大嬢を家持に妻《めあ》わせた郎女は、娘が大伴氏の刀自として自他ともに認められる存在になることを、心から望んでいたに違いありません。このことを勘案すると、長歌の「我が子の刀自」という表現のニュアンスは、たいそう微妙なものとなります。訳してしまえば、「我が子であるところの刀自」というほどの意味になるのですが、そこには我が娘に対して、しっかりして欲しい、という気持ちが込められているはずなのです。おまえさんも、わたしの留守を預かる刀自でしょ、しっかりなさい！　と。

甘ったれた手紙に対する母の叱咤

左注によると、まず大嬢から郎女へ歌が届き、それに答えたのがこの長反歌である、ということがわかります。残念なことに、「宅」の娘から「庄」の母に贈られた歌は、伝わっていません。しかしその内容は、容易に推定できます。なぜならば、歌のなかの「かくばかり」とは、「こんなにも」であり、たぶん母を恋しがる甘ったれた歌か書簡を、大嬢が庄によこしたのでしょう。

ここで、一つの喩《たと》え話をしてみたい、と思います。わたしがこの歌の講義をするときに必ず話す喩え話です。あるとき老舗大旅館の大女将《おおおかみ》が、何らかの理由で旅をすることになりました。若い我が娘に、旅館の切り盛りを一切任せての旅です。娘は、突然若女将になったのです。大旅館の女将といえば、それはもうたいへんな重責。しかし、女将は我が娘に重責を託して旅に出たのです。ところが旅先に、娘から一通の手紙が届きました……「おかあさん、もうダメぇ」と。その内容は心の重圧を訴えるものでした。ことの次第を案じた母親・大女将は、帰りたい気持ちを抑えて返事を書きました。我が娘であるところの若女将へ、手紙を書きました。手紙は、女将としての自覚を促し、励まし、そして娘をさとす内容となるはずです。

この歌からは、そんなに寂しがらないでおくれ、そんなに寂しがると庄での仕事にならないよという母・郎女の嘆きの声も聞こえてきますが、娘を励ます声も聞こえてきます。そんなんじゃ、こっちも仕事になんないよ、おまえさんも刀自なんだよ、と。

母から娘へ

坂上郎女が、家持と大嬢を妻《めあ》わせたのは、ひとえに娘の幸せと、大伴氏の安泰を願ったからでありましょう。氏族のなかで、「刀自」と呼ばれる女性が果たすべき役割というものが、郎女の長歌を読むと透けて見えるような気がします。秋にはともかくも庄に出向いて収穫を確認する必要があり、一族の長・家持が多忙とあれば郎女が刀自として庄に下向する必要もあったのでしょう。ために、数ヶ月にわたって、坂上郎女は宅を離れたのです。

そうなると、どうしても宅を守る女性が必要となります。それを娘に託したのでした。「我が子の刀自」とは、そういう文脈から出た言葉だと思います。やがて、我が地位は娘に譲るべきものと郎女は考えていた、と思われるのです。しかしながら、留守を預かるといっても、容易なことではなかったのでしょう。刀自としてのさまざまな仕事、それが重圧ともなったのだと思われます。ですから、母はともに嘆くと同時に、娘を励まさなくてはならないのです。女から女へ、母から娘へと引き継がれてゆく文化もあったのではないでしょうか。今日、母・坂上郎女から、娘・大嬢にどのような引き継ぎがあったかわかりませんが、女から女へと引き継ぐべき何かがあったのだ、と思います。宅守る刀自として。

第七章　愛情と怨恨

キーワード
破れ薦／醜の醜手／手枕／待つ女の文芸
閨怨詩／怨恨歌

「愛憎半ば」といってしまえばただそれだけのことだが……

第六章は、家族と愛情について、母・坂上郎女《さかのうへのいらつめ》と娘・大嬢《だいぢやう》のやり取りを中心にお話ししてみました。第七章では、その愛情と怨恨《えんこん》が歌のなかでどのように表現されているかをお話ししてみたいと思います。

大学院生時代、一週間ほど奈良・西ノ京《にしのきょう》の薬師寺に寄宿させていただいたことがあります。一応は、花会《はなえ》式《しき》という春の法会《ほうえ》のお手伝いということにはなっていましたが、任せられた掃除もさぼるほどで、なに一つお寺の役になど立っていない、ただの居候でした。その折、当時の高田《たかだ》好胤管長《こういんかんちょう》の法話を聞く機会がありました。それはもう抱腹絶倒というべきものでした。ただ、信心のないわたしは、肝心かなめの内容についてはほとんど忘れています。けれど、一つだけ忘れられないところがありました。

それは、師であり、育ての親ともいうべき橋本凝胤《はしもとぎょういん》師について言及されたところです。管長はただ師を礼讃しているわけではありませんでした。それればかりか、憎悪とも受け止められるような言葉を発せられることもありました。

実母が死んだ日にも、やさしい言葉をかけてもらえなかった。わたしは、どれほどそれを期待していたことか、と管長はいいます。しかし師の口から出た言葉は信じられないもので、今でも自分はああ言わんでもいいと思う、と話を継がれたのです。葛藤です。師弟の葛藤です。今でもわたしは、管長が口にした師の言葉、それを吐き捨てるようにいう高田管長の口調が忘れられません。それについてはこの章の末尾に述べることにしましょう。

異色、異例の長歌

愛憎半ばとはよくいいますが、『万葉集』をひもとくと、深く愛するがゆえに発せられる憎悪の言葉を、時折聞くことができます。しかしわたしは、次の歌ほど小気味よい、他者に向けられた憎悪の言葉を知りません。それは、夫の浮気相手の女に対する激しい攻撃の言葉を含んでいます。巻十三には、次のような歌が伝わっているのです。

さし焼かむ　小屋《をや》の醜屋《しこや》に
かき棄《す》てむ　破《や》れ薦《ごも》を敷きて

――焼き払ってしまいたい　ちっぽけなおんぼろ小屋に
捨て去ってやりたい　破れ薦を敷いて

打ち折らむ
醜《しこ》の醜手《しこて》を
さし交《か》へて
寝《ぬ》らむ君故《ゆゑ》
あかねさす　昼はしみらに
ぬばたまの　夜《よる》はすがらに
この床《とこ》の　ひしと鳴るまで
嘆きつるかも

へし折ってやりたい
（アノ女の）汚らしい不恰好な手と
手と手を交わしあって……
共寝をしているだろうアナタのことを思うゆえに
あかねさす　昼はひねもす
ぬばたまの　夜は夜もすがら
この床が　ひしひしと鳴るまでに
私は悶え　嘆いてしまう！（相聞　巻十三の三二七〇）

反　歌

我《あ》が心
焼くも我《われ》なり
はしきやし
君に恋《こ》ふるも
我《わ》が心から

私の心
それを焼き尽くすのも私の心から
あぁーどうしようもなく
憎いアンチクショウを恋しく思ってしまうのも……
おんなじ　私の心から――（相聞　巻十三の三二七一）

大学一年生のとき、わたしははじめてこの歌を読んだのですが、その異様さに圧倒された覚えがあります。

なぜ薦をなじるのか?!

ならば、どこが異色か。まず冒頭から、恋敵の家に火を放ちたいと叫んでいる点です。その家を「小屋《をや》の醜屋《しこや》」と貶《おとし》めています。その後には、相手の醜さ、貧しさに対する攻撃的表現がぞくぞくと続いてゆきます。まさにそれは機関銃のよう。ちょっと、まねて遊ぶと、

家は、ちっぽけな小屋じゃないの！
寝床の敷物は、ぼろぼろじゃないの！
手は、不恰好じゃないの、汚らしいじゃないの！

ということになりましょうか。つまり、一つ一つを挙げて攻撃してゆくのです。まさに「坊主憎けりゃ、袈裟《けさ》まで憎し」です。「小屋」の次に攻撃の対象になっているのは、「薦《こも》」です。相手の女が使っている薦が、気に食わないのです。薦は水辺に生える植物ですが、それを編んで敷物や枕としました。薦で作られた枕が、薦枕です。ではなぜ敷物の薦が攻撃の対象になったかというと、それは寝具だからです。通《かよ》い婚の場合、女たちは男が訪ね

て来る日に限っては、とっておきの薦を敷きました。上等の、寝心地のよい薦を出すのは、男への思いやりというものでしょう。いや、女の身だしなみでしょうか。ですから、女たちは、床に敷く薦などの敷物にプライドをかけたのです。最近、通ってこなくなった男に対して、女が毒づいた歌に、次のような歌があります。

独《ひと》り寝《ぬ》と
薦《こも》朽《く》ちめやも
綾席《あやむしろ》
緒《を》になるまでに
君をし待たむ

独りで寝たって
薦なんか傷《いた》むもんですか――
きれいな模様がついているムシロが
紐になるまで……
おまえさんのことは待ってやるから

（正述心緒　巻十一の二五三八）

この歌では、やって来る男のために「アヤムシロ（綾席）」の薦を用意したといっています。でも、独りで寝たって、それは擦り切れることもないと女はいいます。では、二人で寝ると擦り切れるというのでしょうか。そう突き詰めると、歌の聞き手や読み手は、どうしても性に関わる連想をしてしまいます。実は、この歌はそういう設計になっているのです。独りで寝れば薦は朽ちないといっておきながら、それが擦り切れて紐になるまで、悶々としながら、あなたのことを待つといっているのですから、尋常ではありません。しかも、長い長い時間を。とすれば、これは呪いにも似た言葉、と男には聞こえたでしょう。わたしはある解説書に、かつて「女はそう凄《すご》んだ」のであると書きましたが、そこだけは何人もの研究者からほめられました。

夫の浮気相手の女が用意した薦を「破《や》れ薦《ごも》を敷きて」となじるのは、女たちには女たちの薦にかけたプライドがあるからなのでしょう。

なぜ手をなじるのか?!

次に女は、浮気相手の手をなじっています。その手を「醜の醜手」すなわち不細工な手、醜い手といっています。これはなぜなのでしょうか。それは、手枕《てまくら》を連想させるからです。手枕といっても、歌のなかで手枕といえば、それは共寝を連想させるものなのです。たとえば、巻十の七夕歌には、次のような歌があります。

遠妻《とほづま》と
手枕交《たまくらか》へて
寝《ね》たる夜《よ》は
鶏《とり》がねな鳴き

遠妻と
手枕を交わし合って
寝た夜は
鶏よ鳴かないでおくれ……

明けば明けぬとも　　一夜が明けるなら明けたとしてもね――

（秋の雑歌　七夕　柿本人麻呂歌集　巻十の二〇二二）

この歌も解釈が難しいのですが、これは彦星すなわち牽牛《けんぎゅう》の嘆きを歌ったものでしょう。年に一夜のみの逢瀬《おうせ》なのだから、鶏よ今晩だけは大目に見てくれ、というのです。その一夜の共寝を、万葉びとは「手枕交へて寝たる夜は」と表現しています。したがって、手を憎しと「醜の醜手」と表現したのにも、これまた理由があるのです。

ベッドのきしみ

このように見てゆくと、恋敵の寝室にいる「君」を想像して歌い、歌の聞き手ないし読み手を性愛のイメージ世界に導いてゆく点でも、この歌は異色ということになります。

しかも、その次には、床《とこ》で睦《むつ》み合っている夫と恋敵に思いをはせ、悶々とする自己を描いているのです。「この床の　ひしと鳴るまで」とは、床がきしむ音を表現した擬態語です。「床」を正倉院宝物の「御床《ごしょう》」のような木製のベッドと考えれば、まさにベッドのきしむ音と考えてよいでしょう。

それは明らかに、性的な妄想に取りつかれ、煩悶《はんもん》する寝姿を連想させる音なのです。それを擬態語で表現しているところも、これまた異色というほかはありません。まるで、映画の一シーンを見る思いです。まさに、嫉妬の炎。

反歌の世界

ところが、反歌では嫉妬に燃える「我」を見つめるもう一人の「我」が登場してくるのです。「我が心　焼くも我なり」「君に恋ふるも　我が心から」と。憎しみの気持ちも、ほとばしる恋心も、出所は一つ。それは私の心、と歌っているのです。つまり、自己を分析するもう一人の自己が、反歌には顔を出している、といえるでしょう。

この反歌を読むと、なぜか長歌を振り返りたくなります。長歌は激しく怒る「我」が歌った歌であったのに対して、反歌は激しく怒る「我」を見るもう一人が歌った歌、といえるのではないでしょうか。

この長歌と反歌に歌われているのは、激しい怒りと後悔です。わたしには、しばらくして、ああまで言わなくてもよかったのに……と反省することが一日に何度もあります。まさに、反歌の「我ながら」という表現は、もう一人の自己を発見した人間の声、

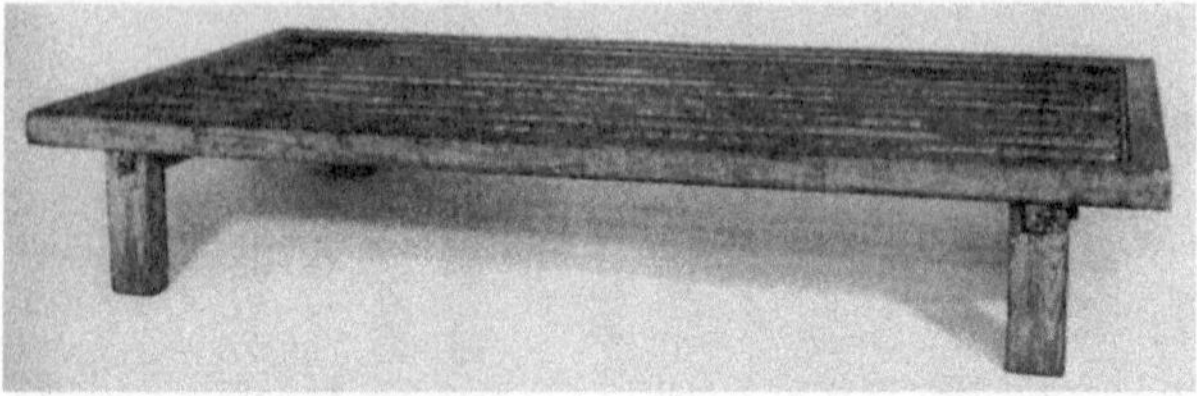

御床（宮内庁正倉院蔵）

ではなかったでしょうか。と同時に、この可愛らしさが救いとなるからこそ、罵詈雑言《ばりぞうごん》が小気味よく耳に響くのです。

亡くなった伊藤博《いとうはく》（一九二五—二〇〇三）という万葉学者は、その畢生《ひっせい》の注釈『万葉集釈注』のなかで、「おそらく、集中で最高におもしろい歌であろう」と述べています。また、新日本古典文学大系『万葉集』の注釈では、「これほどに強烈な女性の嫉妬を描いた歌は万葉集に他に例がない。中国の詩にも絶無であろう」と述べられています。そうであるならば、まさに孤立無援の歌ということになります。

妻問婚と待つ女の文芸

以上のように見てゆくと、この歌は孤立無援の異色の歌ということになります。ただ、これほどまでの熾烈《しれつ》な表現は伴わないまでも、待つことの苦しみを歌った歌は、『万葉集』のあちこちに見られます。したがって、この歌は異色中の異色とはいうものの、広くいえば、「待つ女の文芸」の一つと認めることができるでしょう。

万葉ファンにはいうまでもないことなのですが、万葉の時代には妻問婚《つまどいこん》という結婚の形式が、広く行われていました。それは、夫婦が同居せず妻の住居に夫が訪れることで、結婚生活を営むという婚姻形態です。こういった結婚形態においては、妻は一般に夫の訪れを待ち続けることになります。以上のような古代の婚姻形態の特質を背景に発達したのが、恋人や夫の訪れを待つ女歌の世界すなわち「待つ女の文芸」、といわれるものなのです。

「待つ女の文芸」について言及したからには、この歌を挙げないわけにはいきません。

君待つと我が恋ひ居れば……

額田王《ぬかたのおほきみ》、近江《あふみの》天皇を思《しの》ひて作る歌一首

君待つと
我《あ》が恋ひ居《を》れば
我が屋戸《やど》の
簾《すだれ》動かし
秋の風吹く

あなたを待つと
わたしが恋い慕っていると……
わたしの家の
すだれを動かす
秋の風が吹いた　ただそれだけ
あなたは来ない

（相聞　巻四の四八八）

鏡王女《かがみのおほきみ》の作る歌一首

風をだに
恋ふるはともし
風をだに

風だけでもね
恋しがるのは　あらうらやましいこと
風だけでも

来《こ》むとし待たば
何か嘆かむ

来ようと待っているのなら
何を嘆くことなどあるの
わたしには　待つ人がいないのよ
（相聞　巻四の四八九）

「あっ、すだれが動いた。来たか、と思うと風だった」という有名な歌です。天智《てんじ》天皇を待つ額田王の女ごころが表れた歌として、ご存じの方も多いでしょう。対して、鏡王女はこう歌います。「なにいっているのよ。待つ苦しみより、待つ人がいない苦しみの方がつらいわよ」と。二つの歌を問答として読めば、七世紀を生きた姉妹の会話を盗み聞きしたような錯覚におちいりますね。二人がほんとうに姉妹であったかどうかという点については、研究者間で意見の相違がありますが、額田王歌を受けて鏡王女が歌を作ったとすれば、女として親しい関係にあったことは疑えないでしょう。歌からわかるのは、実際の姉妹であったかどうかではなく、二人の心の距離です。待つ女のいらだちと、あきらめきれない女の嘆き、そして後者が前者を慰めているのです。鏡王女は、ともに恋に生きた女として、まるで戦友のように慰めています。二人は実の姉妹であったとしても、同時に友、ツレの関係にもあったのではないでしょうか。

こういった歌は、中国文学の「閨怨詩《けいえんし》」の影響を受けて成立したといわれています。「閨怨」とは、寝屋《ねや》すなわち寝室の怨みということです。「閨怨詩」とは、女が捨てられてひとり寝ることの苦渋や空虚感、さらには怨み、屈辱感などを述べた詩のことです。額田王歌は、中国六朝《りくちょう》期の閨怨詩の影響を受けて詠まれた、と今日多くの研究者は考えています。そして、それは、まさに「待つ女の文芸」そのものなのです。

大伴坂上郎女の怨恨歌

つまり、「待つ女の文芸」は、次の二つによって支えられているのです。一つは当時の婚姻形態であり、もう一つは中国の閨怨詩です。そういう「待つ女の文芸」の系譜に連なる作品を、坂上郎女も残しています。その名も「怨恨歌」といいます。

大伴坂上郎女の怨恨《うらみ》の歌一首〔幷せて短歌〕

おしてる　難波《なには》の菅《すげ》の
ねもころに　君が聞こして
年深く　長くし言へば
まそ鏡
　磨《と》ぎし心を
許してし　その日の極《きは》み
波のむた　なびく玉藻《たまも》の

おしてる　難波の菅にも根があるが
そのねんごろに　あなたはいった
いつまでも　末永くとあなたはいった
だから　わたしは　真澄の鏡のように
　研ぎ澄まして　誰にも気を許さなかった心
その心を許した　その日からは……
波間に漂い　なびく玉藻のように

かにかくに　心は持たず
大船《おほぶね》の
　頼める時に
ちはやぶる　神か放《さ》けけむ
うつせみの　人か障《さ》ふらむ
通《かよ》はしし　君も来《き》まさず
玉梓《たまづさ》の　使ひも見えず
なりぬれば　いたもすべなみ
ぬばたまの　夜《よる》はすがらに
赤らひく　日も暮るるまで
嘆けども　験《しるし》をなみ
思へども　たづきを知らに
たわやめと　言はくも著《しる》く
手童《たわらは》の　音《ね》のみ泣きつつ
たもとほり　君が使ひを
待ちやかねてむ

あれこれと　迷う心は捨て去って
大きな大きな船のように
　あなたを頼りにしていたのに　それなのに
ちはやぶる　神がわたしたちを引き裂いたのでしょうか
うつせみの　人がわたしたちを引き裂いたのでしょうか
通ってきてくれた　あなたも来なくなりました
玉梓の　お使いすらもよこしてくれなくなりましたね
そうなってしまうと　どうすることもできません
ぬばたまの　夜は夜どおし
あからひく　日は暮れるまで
嘆きます　でもそのかいもなく
思い悩みます　でもどうしてよいかわかりません
たわやめ　かよわき女というその名のとおり
赤ん坊のように　声あげて泣き
ゆきつもどりつ　あなたのお使いを
わたしは待ちかねている

（相聞　巻四の六一九）

反歌

はじめより
長く言ひつつ
頼めずは
かかる思ひに
あはましものか

出逢ったはじめに
「末永く」などとあなたがいって
わたしの心を開かなかったら
こんな思いも
しなくてすんだのに　（相聞　巻四の六二〇）

ここで注目したいのは、最初に男が話した言葉です。男は「年深く　長く」といったようなのです。つまり、君との付き合いは永遠だよ、といって口説いたのです。女の心はこの言葉によって開かれました。女は、一点の曇りもなく磨かれた鏡のように心を研ぎ澄ましていたのに、といっています。これは、誰にも隙を与えなかったということです。けれども、女は「年深く　長く」という言葉を信じ、心を許したといっています。ところが、神の思し召しか、人の仕業か、男は通ってこなくなりました。だんだんと、通ってこなくなったのでしょう。通ってこなくなった当初は、使いが来て弁解だけはしていたようです。ところが、後には使いも来なくなりました。そうすると、どうすることもできません。女にできることは、ただ、煩悶し、嘆き、泣くだけです。それでも、わたしは使いを待っている、と長歌では歌い収めます。

反歌では、こうなってしまった原因を、もう一人の自分が顔を出して、分析して、こう述べるのです。「長く」という言葉を信じなかったら、こんな思いもするはずがなかったのに、と。

使いが来なくなるということ

『万葉集』の恋歌を読んでいると、当時は恋人の間で使いが頻繁に出されていたことがわかります。今日なら携帯かメールでしょうが、少し年配の方なら、電報でデートの約束をしたということもあったのではないでしょうか。つれなくなると、たよりもなくなるのは、今も昔も変わらぬ世の常です。したがって、女たちは使いが来なくなることを常に恐れ、警戒していたのでした。

川や池の水が停滞して動かなくなっている場所を「ヨド（淀）」というのですが、使いが停滞して来なくなることを、女たちは「使ひのよどみ」といいました（巻四の六四九）。

同じ巻四にも、使いの来なくなった怨み節が伝わっています。それは、高田女王《たかたのおほきみ》が、今《いま》城王《きのおほきみ》という男性に贈った歌です。二人は一時期恋愛関係にあったようですが、今城王の熱が急速に冷めていった様子が、この前に置かれている五首からわかります。

高田女王、今城王に贈る歌六首〈その六首目〉

常止《つねや》まず
　通《かよ》ひし君が
　使来《つかひこ》ず
今は逢はじと
たゆたひぬらし

絶え間なく
　通ってきたあなた
そのあなたの使いが来なくなった
今は逢うまいと……
心が揺れているの？

（相聞　巻四の五四二）

「たゆたふ」は、心が揺れることすなわち心変わりを意味します。そして、「たゆたひぬらし」とは、今城王の心を推定して出た言葉です。というように、高田女王は相手の心を想像しながら、ひたすら待っていたのでしょう。万葉時代の女たちは、使いの来ぬ苦しみと怨みを以上のように歌い上げているのです。

どう読むべきか

坂上郎女の怨恨歌をどう読むべきか、ということについては、研究者間においても大いに議論があるところです。これを坂上郎女の個人的体験と見る研究者もいれば、「怨恨」という詩のテーマに基づいて制作された虚構という人もいます。前者の論者はその対象となっている男性個人を推定しようとしますし、後者の論者は中国の閨怨詩との関係を精密に論じようとします。

しかしながら、どちらの論者も、何らかのかたちで、郎女の体験がいくばくかは投影されているだろう、と考えている点は同じです。対して、わたしは、それは郎女の個人的体験であると同時にどこにでもある話として歌われているのだろう、と推定しています。

歌というものは多かれ少なかれ、個人の体験から言語化されます。では、なぜその個人の体験を聞いて、多くの人は感動するのでしょうか。それは、多くの聞き手や読み手が、自分のこととして理解しようとするからです。

ある歌が歌われたとしましょう。聞き手のうち、二人の人が泣いたとします。しかし、その二人が脳裏で想起していた事柄は違うはずです。それでも、二人は同じように泣いている。わたしは男性で、二十一世紀に生きているのですが、八世紀に生きた女性の待つ苦しみについて、歌を読み、想像することはできます。そして、ときに共感します。

怨恨歌に話を戻せば、作者の郎女自身が、すでにこれをどこにでもあり得る話として、聞き手・読み手の心に届くように表現を工夫しているのだ、というのがわたしの考えです。個人的体験はそのようにして、多くの人に共有されることになるのです。ですから、怨恨歌はどう読んでも、わざと時間や場所が特定できないように作られているのです。どこにでもある話として。

ちなみに、わたしは、このテキストのために、怨恨歌を演歌のように訳しました。わたしの訳詞の一部をこぶしを利かせて歌えば、三流の演歌に聞こえますよ。試してみてください。つい昨日作ったかのような演歌に。

ふたたび、薬師寺へ

愛するがゆえに憎しみが生まれるということは、誰もが経験し、そして認識していることです。それがどのように歌に表れているのかということが、この章の主要なテーマでした。その特徴についてお話ししたつもりです。たとえば、巻十三の歌ならその作品なりの、怨恨歌なら怨恨歌なりの表現がありましたよね。

話は薬師寺に戻ります。母親が死んで、急ぎ葬式を済ませて寺に帰った若き日の高田好胤さんに、橋本凝胤師は吐き捨てるようにこういったそうです。「お前も人の子やったんやな。木の股から生まれたんやないんや」と。高田さんは、ずっとこの師の言葉に悩み続けたそうです。なんということを言うんだ、と。

高田さんは、晩年になってその答えを見つけたそうです。やさしい言葉をかければ修業への情熱が失われるから、そう師は突き放して言ったのだと解釈するようになった、と話されていました。けれど、本当のことはようわからん、ともおっしゃいました（これをおもしろおかしく言われるのです）。そのあとで、こう言われたのが、今も印象に残っています。「わしは、おやっさん（橋本師）が死んでから、やっとおやっさんと話できるようになった気がする。生きているときは、ああいえば、こういうで、ちっとも話にならんかった。師弟は互いに怨み骨髄やからなぁ」と。これも、好胤管長流に「死人に口なしってええもんでっせ」と言われて、笑ってしまうのですが。

第八章　怨恨と揶揄

キーワード
ますらを／慇懃無礼／意趣返し／揚げ足取り
ごっこ遊び／じゃれあいの世界

それは、一つの揶揄なのだが……？

第七章をお読みになった方は、万葉びとが、いかに愛憎半ばする心を伝えようとしていたか、おわかりになったと思います。第八章では、その愛情と深く関わる怨恨《えんこん》と、揶揄《やゆ》の表現との関わりについて話してみたい、と思います。

中国で、わたしはあだ名をつけてもらったことがあります。「可以先生」というあだ名です。中国語をご存じの方なら、おわかりでしょう。「可以《クウーイー》」は、可能とか、できるとかいうことを表す単語です。蘇州《そしゅう》大学で開催されたある研究者の交流会議に出たときのことです。会議の初日から、自分の中国語がまったくといっていいほど通じないことを思い知ったわたしは、茫然自失《ぼうぜんじしつ》（まぁ、ホントはうすうすはわかっていたものの、これほどとは）。どうすることも、できません。そのときに、便利な単語を思いつきました。それが「可以」です。たとえば、この席空いてますかは、席を指差して「可以」。みやげ物の値段交渉も、電卓を叩いて「可以」。その後は、片言で自分のしたいことを言って、続けて「可以、不可以」＝「できますか、できませんか」と連発したのです。わたしは、一週間、ほとんどこれで通したのです。便利な言葉でしょ。会議の終盤には、中国の方たちが、この構文で話しかけてくれるようになりました。そして、つけられたあだ名が「可以先生」。最後のお別れパーティーでは、必ず挨拶のなかに「可以」を皆が入れるようになり、そのたびに笑いが起きました。以後、そこで知り合った諸先生はわたしのことを「可以先生」と呼んでくれます。それは、わたしのへたくそな中国語に関する「揶揄」なのではありますが、しかしわたしはそう呼ばれることで、やっと会議での自分の居場所を見つけたのです。

　本章の「怨恨と揶揄」というテーマでわたしが選んだのは、次の歌です。本書もすでに後半戦、今回は、取り上げる歌を先に原文表記のまま示しておくこととします。そして、その下に訳文を配しました。ただし、左注は書き下し文を掲げてあります。よろしいですか（可以？）。次に掲げるのは、巻四に収載されている大伴駿河麻呂《おほとものするがまろ》と大伴坂上郎女《おほとものさかのうへのいらつめ》の間で交わされた歌です。この四首は、書簡によって往復されたものであると考えられています。これがいつのやり取りかについては議論もあるのですが、巻四の配列から考えて、今日では天平《てんぴよう》五―六（七三三―四）年と推定するのが通説です。

大伴宿禰駿河麻呂歌一首

大夫之《ますらをの》
思和備《おもひわび》乍《つつ》
遍多《たびまねく》
嘆久《なげく》嘆乎《なげきを》
不負物可聞《おはぬものかも》

かのエリートたる私めの
思いきわまって――
たびかさなりまする
嘆き、その嘆きをば……
お感じにはなりませぬか
（お覚悟召され！　呪いまするぞ！）
（相聞　巻四の六四六）

大伴坂上郎女歌一首

心者《こころには》
忘日無《わするるひな》久《く》
雖念《おもへども》
人之《ひとの》事社《ことこそ》
繁君爾阿《しげきみにあ》礼《れ》

心じゃ
忘れる日もなく
思ってはいるんだけど……
浮名の噂が絶えない
お前さんにねぇ
（逢うのもちょっと難しいわよね！　逢えない理由はアナタの方にある！）
（相聞　巻四の六四七）

大伴宿禰駿河麻呂歌一首

不相見而《あひみずて》
気長久成奴《けながくなりぬ》
比日者《このころは》
奈何好去哉《いかにさきくや》
言借吾妹《いふかしわぎも》

お目見えが絶えて
久しくなりました――
拝啓　このごろ
いかがお過ごしですか
お変わりございませぬか、いとしいあなた様……（相聞　巻四の六四八）

大伴坂上郎女歌一首

夏葛之《なつくずの》
不絶使乃《たえぬつかひの》
不通有者《よどめれば》
言下有如《ことしもあるごと》
念鶴鴨《おもひつるかも》

夏の葛みたいに……
絶えることなかったあなた様の使者が
絶えてしまって、お付き合いもなかだるみ
もしや事故でもと……
ご心配申し上げておりました
（よかった！　よかった！　ご無事でよかった！）（相聞　巻四の六四九）

右、坂上郎女は佐保大納言卿《さほのだいなふごんきやう》の女《むすめ》なり。駿河麻呂は、この高市大卿《たけちのだいきやう》の孫なり。両卿は兄弟の家、女孫《むすめうまご》は姑姪《をばをひ》の族《うがら》なり。ここを以《もち》て、歌を題《つく》りて送答し、起居を相《さう》問《もん》す。

ここでも、かなり思い切った訳をつけましたが、解説をお読みになれば、そういう訳をつけた理由をご理解いただける、と思います。

駿河麻呂という人

このテキストでは大伴坂上郎女にスポットを当てていますが、その郎女と書簡を交わした人物に大伴駿河麻呂という人がいます。第三章（65ページ）に掲げた大伴氏の系図を見てもらえばわかると思うのですが、異説はあるものの駿河麻呂は大伴御行《おほとものみゆき》の孫と考えられている人物です。左注には、坂上郎女と「姑姪《をばをひ》」と書いてありますが、それは今日のオバとオイの関係ではありません。当時は、「親族」内における年上の女性と、年下の男との関係を「姑姪」と称することもあったのでそういったのでしょう。したがって、二人の関係を親族内の「おばさま」と「わかいもん」くらいにとらえていれば大きな誤りはない、と思います。その駿河麻呂から、坂上郎女に歌が届きました。使者を立てて、手紙をよこしてきたのでしょう。手紙には……

大伴宿禰駿河麻呂の歌一首

ますらをの　思ひわびつつ　度《たび》まねく　嘆く嘆きを　負はぬものかも
（相聞　巻四の六四六）

とあります。「ますらを」というのは、成人した立派な男子という言葉ですが、「優れた男」という意味も含みます。では、その優れた点とは何かといえば、剛毅《ごうき》であるとか、官僚や貴族として高潔であるとかいう点です。少し難しい用語を使えば、男性的優位性・階層的優位性・倫理的優位性をもった人物ということになります。ところが、その規範のなかには、片思いなどで悩まない、ということもあったようなのです。

ますらをの
聡《さと》き心も
今はなし
恋の奴《やっこ》に
我《あれ》は死ぬべし

かのますらをたる俺様の
しっかりとした心も
今となってはかたなしだぁ……
恋のヤツめに
取りつかれて　殺されてしまいそうだ！

（正述心緒　巻十二の二九〇七）

という歌もあり、「ますらを」は恋々とした気持ちをもたず、潔《いさぎよ》くあるべし、という規範が求められていたようなのです。その「ますらを」がたびたび嘆くというのですから、尋常ではありませんね。

「嘆く嘆きを　負はぬものかも」

「ますらを」の嘆きを、駿河麻呂はこともあろうに「嘆く嘆きを　負はぬものかも」といっています。これは、罰はあたりませぬか、祟《たた》りはありませぬか、というたいへん強い言い回しです。なぜならば、万葉びとは、相手を強く思慕すると、相手の身体ないし身辺に変化が起きるという考えをもっていたからです。巻十一には、

問《もん》　答《だふ》

眉根《まよね》掻《か》き　鼻《はな》ひ紐解《ひもと》け　待てりやも　いつかも見むと　恋《こ》ひ来《こ》し我《あれ》を

（問答　巻十一の二八〇八）

右、上《かみ》に柿本朝臣人麻呂《かきのもとのあそみひとまろ》が歌の中に見えたり。ただし、問答なるを以《もち》ての故《ゆゑ》に、ここに重ね載せたり。

今日なれば　鼻の鼻ひし　眉《まよ》かゆみ　思ひしことは　君にしありけり

（問答　巻十一の二八〇九）

というような例もあって、恋人が相手を思うと、眉毛が痒《かゆ》くなり、くしゃみが出て、紐が解けるという俗信があったようです。したがって、駿河麻呂は、わたしの思いによって、あなたは呪われて、体に変調はないですか、と問いかけているのです。これは、一種の挑発です。伝えたい内容は、最近ご無沙汰ですね。どうして逢ってくれないのですか、というほどの意味でしょうが……歌の内容は、逢瀬《おうせ》に応じてくれない恋人を、男が責める内容になっています。まるで怨恨ある者へ発せられた言葉のようです。しかも、それは相手の女の不誠実をなじる表現なのです。これは、明らかに、悪いのは、おばさんの方ですよ、という挑発になるはずです。

おばさんの反撃

当然、そういわれれば、坂上郎女も反撃せざるを得ません。彼女は、こう反撃しました。

大伴坂上郎女の歌一首

心には　忘るる日なく　思へども　人の言《こと》こそ　繁《しげ》き君にあれ（相聞　巻四の六四七）

坂上郎女は「相手への思いが途絶えた日はなかった」と応じているのです。そう応答することによって、下句の「人の言こそ　繁き君にあれ」が生きてくるのです。つまり、逢わないのはワタシの方の気持ちが冷めたからではなく、アナタに関わる「人の言」のせいですよ、と。相手が恋人をなじる言い方で責めてきましたから、それを逆手にとって、女が男の不誠実をなじる言い方で反撃したのでしょう。なぜならば、ここでいう「人の言」は、人の噂、しかも悪い噂を指すからです。ですから、郎女は暗に、駿河麻呂の素行の悪さを揶揄したのでしょう。もちろん、暗に揶揄されているのは、女性関係の素行でしょう。たぶん、このあたり二人の呼吸は、こんなところではなかったかと推定します。おばさんは言います。駿河麻呂よ、お前の素行に関わる悪い噂を、おばさんは知っているのよ。そんなお前さんに、おめおめとは会えませんよ、と。

駿河麻呂の戦術転換と慇懃無礼

まさに、攻め／守り、勝ち／負けがあるかのごとき恋歌のやり取りですね。おそらく、左注に「歌を題《つく》りて送答し、起居を相問す」すなわち「これは互いに挨拶を交わす手紙のやり取りだ」と書かれていなければ、恋人どうしがなじりあった歌と解釈されてしまいます。実際にそういう危惧があったからこそ、左注が付けられているのでしょう。

反撃を食らってしまった駿河麻呂は、ここで一転。戦術を変え、低姿勢となります。

大伴宿禰駿河麻呂の歌一首

相見《あひみ》ず て日長《けなが》くなりぬ　このころは　いかに幸《さき》くや　いふかし我妹《わぎも》

（相聞　巻四の六四八）

「相見ずて　日長くなりぬ」と、突然、久闊《きゅうかつ》を叙《じょ》するご挨拶をはじめているのです。最近はご無沙汰いたしております、いかがお過ごしですか、と。これは、郎女の反撃を受けての駿河麻呂の「たじろぎ」からきたものでしょう。彼は戦術転換をしました。低姿勢に転じたのです。いや、低姿勢とみせかけて、わざと慇懃無礼《いんぎんぶれい》を働いたのでした。下句の「このころは　いかに幸くや　いふかし我妹」の問いかけ表現は、慇懃を通り越して無礼さを感じさせる表現です。強い攻撃に強く反撃された駿河麻呂は、戦術転換して軟化。逆に低姿勢を装いながら、相手を慰撫《いぶ》しつつ、慇懃な歌を贈ったのです。意図されたものとみるかどうかは別としても、六四六番歌との落差には、味わい深いおもしろみがありますね。

「慇懃無礼」には意趣返し

一転して低姿勢で相手にその様子を尋ねた駿河麻呂に対し、坂上郎女はこう答えています。

大伴坂上郎女の歌一首

夏葛《なつくず》の　絶えぬ使ひの　よどめれば　事しもあるごと　思ひつるかも

（相聞　巻四の六四九）

「使ひ」が「よどむ」とは第七章で述べたように、頻繁にやって来た「使ひ」の回数が減ることをいいます。当然、結果としては恋愛関係がいわば「中だるみ状態」になってしまうことをいう表現なのです（巻二の一一九）。原文に「不通有者」とあるとおり、通わなくなるのです。坂上郎女の怨恨歌では、使いの途絶えを怨恨の理由として歌っていましたよね。

この「絶えぬ使ひ」を修飾する枕詞《まくらことば》が、「ナックズノ」です。夏の蔓草は繁茂《はんも》するので、長々と延びて、引いても引いても絶えることがありません。ここに、坂上郎女が仕込んだ意趣返《いしゅがえ》しがありました。葛に夏を冠して「夏葛の」というと、蔓の延伸《えんしん》と繁茂のイメージが新たに加わってくるのです。どこまでも延びる蔓のイメージが喚起するものは、絶えることなき使者の訪れでしょう。かつての頻繁な使者の訪れを大げさに言い立てると、今の音信不通が際立つことになりますよね。「ナックズノ」は、この落差を際立たせるために選択された修飾句なのです。何よアンタの方から熱上げて、通いつめていたくせに、今じゃご無沙汰続きね、と。揚げ足取りの「揶揄」です。

揚げ足取りの「揶揄」

以上のように見てゆくと、当該の六四九番歌の「ナックズノ」は、歌のやり取りと深く関わって、坂上郎女が意図的に選んだ枕詞だったということがわかります。頻繁に「通ひ」や「使ひ」があったということは、かつては男の恋情が深かったことを示すことになりますから、坂上郎女はわざと「ナックズノ」という枕詞を使用することによって、それを大げさに駿河麻呂に対して言い立てたのでした。皮肉交じりに。

相手の意図を注意深く読み取って、相手の使用した表現を活かして意趣返しをする。それが、揚げ足取りの「揶揄」の基本です。意地悪になりたい人は、『万葉集』からそういうところを学んでください。

ごっこ遊びの世界

以上のやり取りから読み取ることができるのは、一つのじゃれあいの世界です。恋人どうしを装った「ごっこ遊び」のようなものですね。演じて、遊んでいるのです。「ままごと」「電車ごっこ」「人生ゲーム」「コスプレ」「オンライン・ゲーム」……。われわれは今日においても、何かを演じることによって遊んでいますね。

駿河麻呂は、坂上郎女を打ち負かそうと問いを発し、坂上郎女はそれを凌駕《りょうが》する答えを返そうとしています。この「ごっこ遊び」の楽しさは、相手の変化に合わせて、演じ手が次の一手を考えるところにある、といえるでしょう。その「ごっこ遊び」の端緒《たんしょ》に「度まねく　嘆く嘆きを　負はぬものかも」とあるのは、あまりにも唐突ですが、それでよいのです。そこから、この問答ははじまりました。駿河麻呂は、この表現で挑発したのですから。〈挑発／反発〉〈慇懃無礼／意趣返し〉が可能だったのは、それだけ気を許せる仲だったのでしょう。わたしはこれらの歌を読むと、八世紀を生きた人間の書簡を覗き見したような気分になります。それも、『万葉集』を読む醍醐味《だいごみ》の一つかもしれませんね。

ふたたび「可以先生」

中国で「可以先生」というあだ名を拝領したわたしですが、あのときはほんとうにうれしかったです。あだ名をもらうということは、お前のことを俺たちは認知しているよ、ということのサインですから。それは一方では揶揄なのですが、そういう揶揄というものもあるのだと思われます。

第九章　揶揄と笑い

キーワード
反発／歌垣の文化／伏線
反撃／中淀／苗代水

笑いの本願

第八章は、駿河麻呂《するがまろ》と坂上郎女《さかのうへのいらつめ》の歌に見える怨恨《えんこん》と揶揄《やゆ》の世界についてお話し致しました。第九章では、その揶揄と笑いをテーマとして、大伴家持《おほとものやかもち》と紀女郎《きのいらつめ》とのやり取りについてお話ししたいと思います。

なかなかうまくゆかないのですが、講義で笑いを取るために、わたしもわたしなりに、あれこれと準備をします。最初に笑いが取れたときは、たいへん講義がスムーズに行きます(つかみ)。皆で笑えば、教室の心が一つになるので、集中力が高まります。当然、講義内容が伝わりやすいのです。私語もなくなります。しかしながら、わたしの話術では……。

反発しあう男と女

『万葉集』を読んでいると、男女の間で交わされている歌に一つの特徴があることに気づきます。それは、互いが互いを笑い物にしたり、揶揄したりというふうに反発しあっている内容の歌が多いということです。第八章で見た駿河麻呂と坂上郎女の歌もそうでした。本章で取り上げる家持と紀女郎の歌もそうです。さらにもう一つ有名な歌を挙げるとすれば、やはりこれでしょうか。

天皇、藤原夫人《ふぢはらのぶにん》に賜《たま》ふ御歌《みうた》一首

我《わ》が里に
大雪降れり
大原《おほはら》の
古《ふ》りにし里に
降らまくは後《のち》

わが里に
大雪が降ったわい！
おまえさんのいる大原の
古ぼけた里に
降るのは後だろうがねぇー

（相聞　巻二の一〇三）

藤原夫人の和《こた》へ奉《まつ》る歌一首

我が岡の
竈《おかみ》に言ひて

それはね　私のいる岡の
竜神にいいつけて

降らしめし
雪の摧《くだ》けし
そこに散りけむ

降らせた
雪のかけらが……
そちらに降ったんじゃあないのかしら！　（相聞　巻二の一〇四）

明日香のミヤコに降った雪を見た天武《てんむ》天皇が、大原にいる藤原夫人に贈った歌です。明日香に降った雪が大原に降らないはずもなく、これは相手をからかった歌です。しかも藤原夫人の住んでいる大原を「古りにし里（＝古ぼけた里）」と揶揄しています。それは相手の年齢への揶揄でもありましょう。もちろん藤原夫人も反撃します。夫人は相手の表現をそのまま借りて逆襲するのです。ナーニをいってるんですか、雪ならこっちの方が先ですよ、この岡の竜神に頼んで雪を降らせたのはわたしなんですから、と。アンタのところのは、こっちの雪のかけらですからねと言い返す妻。まさに丁丁発止のやり取りです。互いに歌を受け取った二人は、にやりっと笑うと同時に、次には必ずやり返してやろう、と思ったことでしょう。

こうした男女の間の反発しあうやり取りを古代の歌の一つの伝統であると考え、その理由を考えようとした学者がいました。それが、折口信夫《おりくちしのぶ》（一八八七—一九五三）です。彼は、発生論という独特の考え方から、歌垣《うたがき》の場における歌の攻撃性について論じて、そこに相聞歌《そうもんか》の源流を見定めようとしたのです（『万葉集研究』）。

歌垣とは、山や野、市場などに男女が集《つど》って互いに歌を掛け合いながら結婚相手を探す行事です。「はないちもんめ」のようなものを想像してください。そういった場では、集まってきた人びとの眼もありますので、打ち負かされるわけにはゆきません。また、言い返さないと歌のやり取りも続いてゆかないのです。そうしてやり取りを続けて、互いの気持ちを確かめ合うのが歌垣なのですから、引き下がるということはやり取りを止めてしまうことになるのです。ために、歌垣の伝統を引き継いだ男女の歌は反発しあうのだ、と折口は考えました。このように考えると、これまで見てきたようなやり取りも、歌の一つの形式に則《のっと》ったものである、と考えることができます。

ああいえば、こういう

「ああいえば、こういう」という男女間のやり取りは、以上のように考えれば一つの文芸の伝統であり、歌垣の文化の流れを引き継ぐものである、と考えることもできます。

本章で取り上げる歌は次の二首です。第八章の冒頭と同じく、原文表記の通りに歌を示しておきたいと思います。

大伴宿禰家持贈紀女郎歌一首

鶉鳴《うづらなく》　――鶉鳴く

故郷従《ふりにしさとゆ》
念友《おもへども》
何如裳《なにそも》妹爾《いもに》
相縁毛《あふよしも》無寸《なき》

ふるさと奈良におりました時分から
あなたさまのことをお慕いもうしあげておりましたが……
どうして　こんなにも
お会いする方法がないのでしょうか？
ご無沙汰お許しください
（相聞　巻四の七七五）

紀女郎報贈家持歌一首

事出之者《こちでしは》
誰言尓有鹿《たがことなるか》
小山田之《をやまだの》
苗代水乃《なはしろみづの》
中与杼尓四手《なかよどにして》

最初に付き合いたいと
言い出したのはいったいどちらの方でしたっけ
山の小さな田んぼの
苗代水のように
今は二人の仲は停滞中
最近ご無沙汰続きですこと
（相聞　巻四の七七六）

こちらのカップルも「ああいえば、こういう」という感じですね。

家持には十五歳年上の恋人がいた？

『万葉集』をひもとくと、家持は合計で十二、三人の女性と恋歌のやり取りを残しています。しかし、双方の歌が残っている女性は意外にも少ないのです。坂上大嬢《さかのうへのだいぢやう》・笠女郎《かさのいらつめ》・巫部麻蘇娘子《かむなぎべのまそをとめ》・日置長枝娘子《へきのながえのをとめ》と、この章であつかう紀女郎だけです。そのうち、家持自身が熱心に歌を返しているのは、最愛の嫡妻《ちやくさい》となる坂上大嬢と、紀女郎だけです。しかも、紀女郎とは、しばらく不和となっていた大嬢との相聞往来が復活した天平《てんぴよう》十一（七三九）年秋以降においても、歌を交わし合っているのです。つまり、最愛の妻・大嬢との蜜月時代においても、家持は、紀女郎とだけは相聞歌をやり取りしています。これは、きわめて特異な関係にあるといわねばなりません。

さらに重要なことがあります。紀女郎は安貴王《あきのおほきみ》の妻であり、安貴王の子である市原《いちはらの》王《おほきみ》と家持との間には交友関係がありました。つまり、紀女郎は友人の父の夫人ということになります。したがって、二人の関係をいったいどのような関係とみるべきか、研究者間でも意見が分かれるところなのです。恋愛感情といっても友人関係に近いこともあるでしょうし、また、そうであるがゆえに恋歌を贈りあって遊ぶということもありえましょう。恋愛をしていたのか、恋愛ごっこをして恋歌を交わし合って遊んでいたのか、実際に二人がどういう関係にあったかは、類推をするほかありません。このことを踏まえて、歌を読んでゆきましょう。ときに天平十三（七四一）年。家持は二十四〜二十五歳、紀女郎は四十歳前後であったと推定されます。

反撃を予想して伏線を張る

相手の反撃を予想している場合、先制攻撃をする側は、伏線を張ります。家持の伏線を見てゆきましょう。まず家持はこう歌いました。

大伴宿禰《すくね》家持が紀女郎に贈る歌一首
鶉《うづら》鳴く　故《ふ》りにし郷《さと》ゆ　思へども　なにそも妹《いも》に　逢ふよしもなき
（相聞　巻四の七七五）

ここでいう「故りにし郷」とは、平城京のことです。この時代は、久邇《くに》京時代（七四〇―七四四）でした。久邇京は、現在の木津川市加茂町《きづがわしかもちょう》にあたります。したがって、平城京は旧都すなわち古きミヤコとなっていました。ですから、「フリニシサト」と呼んでいるのです。しかし、ここで注意しなくてはならないことがあります。それは、「フルサト」が、常に懐かしきもの、良きものとして歌われるのに対して、「フリニシサト」はさびれた場所や、荒廃した場所に使われることが多いという事実です。つまり、「フリニシサト」には、「古臭い」とか「古ぼけた」というイメージがつきまとうのです。

では、新都・久邇京と、旧都・平城京は当時どのような関係にあったのでしょうか。新都たる久邇京から見れば、平城京は「フリニシサト」なのでしょうが、一部の人たちは久邇京への居住をためらい、平城京に残っていました。しかし、役人は久邇京にゆかなくてはなりません。内舎人《うどねり》という役人だった家持は、久邇京を離れるわけにはいかなかったのです。逢えないとなると、書簡を出す必要があります。だから天平十三（七四一）年になると、家持の贈答歌がぐんと増えてゆくのです。

こういった理由から、家持は紀女郎と逢うことができなかったのでしょう。けれども、逢えなかったのは、紀女郎だけではありません。妻・坂上大嬢や弟・書持《ふみもち》なども逢えなかったのであり、だからこそ家持はこれらの人びとと書簡で歌を贈答したのでした。とすれば、紀女郎も逢えない理由は了解済みのはずだった、と思います。こういう状況のもとで、家持は旧都・平城京のことを「故りにし郷」と歌い込んでいるのです。

では、「鶉鳴く　故りにし郷ゆ　思へども」で家持が強調しようとしたのは、いったいどういうことだったのでしょうか？　それは、その歳月だと思います。奈良に都があったずっと前からという時の長さです。つまり、旧都がさびれた場所になるまでの時間を想起させる表現で、「長い間思いつづけてはいるのですよ」と歌いかけているのです。「たしかに最近はご無沙汰です（それは認めます）、しかし私はずっとアナタのことを思いつづけてはいたのですから……」という言い訳の気持ちを表現するものなのでしょう。

そう解釈すると「けれどもなにせ今は状況が許さないのです」という結句が際立ってきませんか。

つまり、家持は伏線を張ったのです。家持はご無沙汰つづきである紀女郎に歌を贈れば、必ず反撃にあうと予想していたのだと思います。家持はそれを見越して、伏線を張ったのです。いや、かえって反撃にあうことを楽しみにしている、とさえいえるのではないでしょうか。なぜなら、過度に誇張した伏線を張ることは挑発ともなるからです。家持は、挑発したのです。当然、家持は反撃を食らいます。

紀女郎が家持に報《こた》へ贈る歌一首

言出《こちで》しは　誰《た》が言《こと》なるか　小山田《をやまだ》の　苗代水《なはしろみづ》の　中淀《なかよど》にして　（相聞　巻四の七七六）

家持が思いつづけた期間の長さを強調したことをとらえて、紀女郎は反撃しました。「では、その昔最初に言い寄ってきたのは、いったいどちらの方?」と切り返しているのです。「言出しは　誰が言なるか」の「か」はこの場合強い語調の反語で、誰の言葉でもありますまい、アナタの方からでしょう、と相手を問い詰める言い方となるのです。つまり、家持が思いつづけた時間をいうのであるならば、最初に戻って、言い寄ってきたのはどちらの方でしょう、と反論しているわけです。

「小山田の　苗代水の　中淀にして」という表現の笑い

そして、ご無沙汰つづきの今の状況を、「小山田の　苗代水の　中淀にして」と斬って捨てます。第七章で見ましたように「ヨド（淀）」とは、水の流れが途中で止まって水が淀む状態をいいますが、ここでは家持の訪れが途絶えている状況をいいます。

その「中淀」を起こす序（序詞《じょことば》）が「小山田の　苗代水の」です。「苗代」とは、稲の種を蒔《ま》いて苗を発育させる田のことです。そこで育った苗は、田植えされることになります。では「苗代水」とはどんな水のことをいうのでしょうか。簡単にいえば、稲の苗を育てる水ですが、どういう水がよいか気になりますよね。

そこでわたしは、そのあたりの事情を農家のお年寄りに聞いてみました。すると、奈良県の桜井市《さくらいし》の山間部では、異口同音に返ってきた言葉がありました。「山田の苗代は風邪ひかすな」という言葉です。これは、山の水は冷たいので苗の発育には悪く、水を温めることが必要だということを説く言葉なのです（民間伝承）。

ならばどうやって水を温めるのかと聞いたところ、次のような方法を教えてくれる人が現れました。それは、水路を長くして、沢の冷たい水がそのまま苗代に入らないようにするという方法です。わざと水路を長くして、水が流れる間に温まるのを待つというわけです。つまり、山田の苗代の水路は長くする必要があったのです。

ところが、水路を長くすると、「ヨド」ができやすいのです。すると、水が滞《とどこお》って苗代が干上がってしまう。それでは苗代はだいなしです。だから、「山田の苗代は風邪ひか」さないように水はよく温めるが、水が滞らないように見張る必要もある、というのです。

おそらく当時においても、そういった知識が多くの人びとに共有されていたのではないでしょうか。だからこそ、「小山田の」という言葉が何のことわりもなく冠せられているのでしょう。そして、それは家持の「鶉鳴く　故りにし郷」に呼応した切り返しとして考えられた表現なのでした。

以上のように考えてゆくと、詰問《きつもん》調の上三句と後半との間に落差があることがわかりますよね。つまり、「小山田の　苗代水の」という序は、笑いを生む序となっているのです。鋭く相手の非を突きながら、笑いを取る。そうすれば、相手はまた歌を返してくるはずです。以上の点に関して、掛け合いの妙をもっともよくとらえているのは、武田祐吉《たけだゆうきち》（一八八六―一九五八）の『増訂　万葉集全註釈』という注釈書の「評語」です。『全註釈』はいいます。

「するどく責任を問うているが、序をつかって寄せ附けないといふほどでもない餘裕《よゆう》を與《あた》えている」と。その序による「余裕」があるからこそ、家持はまた「大伴宿禰家持が更《さら》に紀女郎に贈る歌」を五首も贈ってきたのです（巻四の七七七―七八一）。

揶揄と笑いの本願

思いつづけた歳月の長さを訴えて、予想される反撃をかわそうとする家持。家持の歌の表現を逆手にとって詰問するものの、序の工夫によって逃げ道を作ってやる紀女郎。そこには、丁丁発止の駆け引きがありましたね。そんなふうに歌を贈りあって、万葉びとは楽しんだのです。こういった表現の妙に接するとき、わたしは少し幸せな気分になります。そこで、これまでの考察を踏まえて、「釈義《しゃくぎ》」というものを示しておきたいと思います。釈義とは、表現の特性を誇張して、それを現代の言葉に置き換えたものです。ここでは、意訳をさらに進めて、現代に翻案したものを作成してみました。戯曲風に。

今となっては、鶉が鳴くような古びた里となってしまった旧都・奈良、その奈良に都があった時分から、ずっとずっと思いつづけてはいるんですが……どうしてこんなにもアナタ様に逢う機会を作れないのでしょうか。

ならば、ならば、お聞きしてよくって？　はじめに言い寄って来たのは、いったいどこのどちらさんでしたっけ……お山の田んぼの苗代水は水路が長い、だから中淀が多いというわけではないんでしょうけど、私の家にはご無沙汰つづきの中淀になったりして！

家持の伏線と、紀女郎の切り返し、「小山田の　苗代水の　中淀にして」という表現のおもしろさが伝われば、釈義を作成した者としてこれを無上の喜びといたします。笑いは、乾ききった大地に降る慈雨《じう》のように、ホッと人の心を和ませます。一方でそれは、弱者の強者に対する武器でもあります。また、嘲笑は、人を傷つけます。紀女郎の巧みな序は、笑いによって相手を揶揄しながら、そこに逃げ道をも作るものでした。

第十章　笑いと宴席

キーワード
酒令具／無礼講／あらさがしの笑い／共通の知識
「とんち」の妙／はずしの芸／即興性／意外性

慶州有情

第九章は、大伴家持《おほとものやかもち》と紀女郎《きのいらつめ》との丁丁発止のやり取りを通じて万葉びとの揶揄《やゆ》と笑いについてお話ししました。第十章では、その笑いと宴席をテーマとして、巻十六の世界を語りたい、と思います。

二〇〇六年春、わたしは久しぶりに、韓国の慶州《けいしゅう》に遊びました。世界遺産の指定を受けた慶州ではさまざまな遺跡の整備が行われ、十年前とはずいぶんさま変わりしていました。万葉学徒にとって、慶州は長安《ちょうあん》と並んで学ぶべき聖地です。慶州は、第三章でも取り上げた遣新羅使人《けんしらぎしじん》が目指した新羅の都でもあり、やはり胸躍ります。不安な航海と疫病《えきびょう》、そして死者を出しながらの旅路にあった天平《てんぴょう》時代の人びと。対して、わたしたちは、シートベルトを締めると、まもなく着陸のアナウンス……書けば陳腐になりますが……隔世の感があります。慶州では、平城京からやって来たというと、大歓迎を受けました。雁鴨池《がんおうち》は宮廷の苑池《えんち》なのですが、やはりその大きさには驚かされます。日本でいえば、第一章で取り上げた人麻呂の吉野讃歌のように、大宮人《おほみやびと》たちが船を浮かべたことでしょう(巻一の三六)。

酒令具とのご対面

実は、このときの旅では、どうしてもこの目で見たいものがあったのです。それは雁鴨池から出土した「酒令具《しゅれいぐ》」というものです。わたしは、慶州博物館で、どうしても酒令具を見たかった。「酒令」とは読んで字のごとく、酒の命令するところということです。これは、さいころの一種と考えればよいでしょう。宴席においてこのさいころを振り、ゲームをしたのです。

そして、いよいよご対面です。高さ四・四センチのさいころは、十四面体でした。不思議に思われるかもしれませんが、正方形の面が六つ、六角形の面が八つから成り立つ十四面体なのです。その各面には、それぞれ次のようなことが書かれています。いくつか挙げておきましょう。

三盃一去……酒三杯を一気飲みする

衆人打鼻……一座の皆から鼻をぶたれる
弄面孔過……顔をくすぐられても動いてはいけない
有犯空過……ちょっかいを出す人がいても動いてはいけない
任意請歌……一座のなかのどんな人にでも歌を歌うように命ずることができる

こういった「酒令」が十四も書かれているのが、雁鴨池出土の酒令具なのです。おそらく、さいころを転がして上に向いた面に書かれている内容を、否応《いやおう》なしに実行しなくてはならないという遊びだった、と推定されています。講義中こういう話をしたら、「王様ゲーム」のようですね、といった学生がいました。そうかもしれません。

「任意請歌」と無礼講

それともう一つ、ここで注意をしておきたいことがあります。「任意請歌」です。これは、その場にいる人ならどんな人にでも、歌を歌いなさいと命令できるということを表します。ということは、たとえそれが王や高官であっても、命令することができたということを意味します。そうでなくては、ゲームというものは成り立ちません。ですから、この酒令具での遊びは一種の無礼講《ぶれいこう》であったと考えられるのです。

では、なぜわたしがこの酒令具に注目したかといえば、それは雁鴨池から出土している

酒令具（レプリカ）

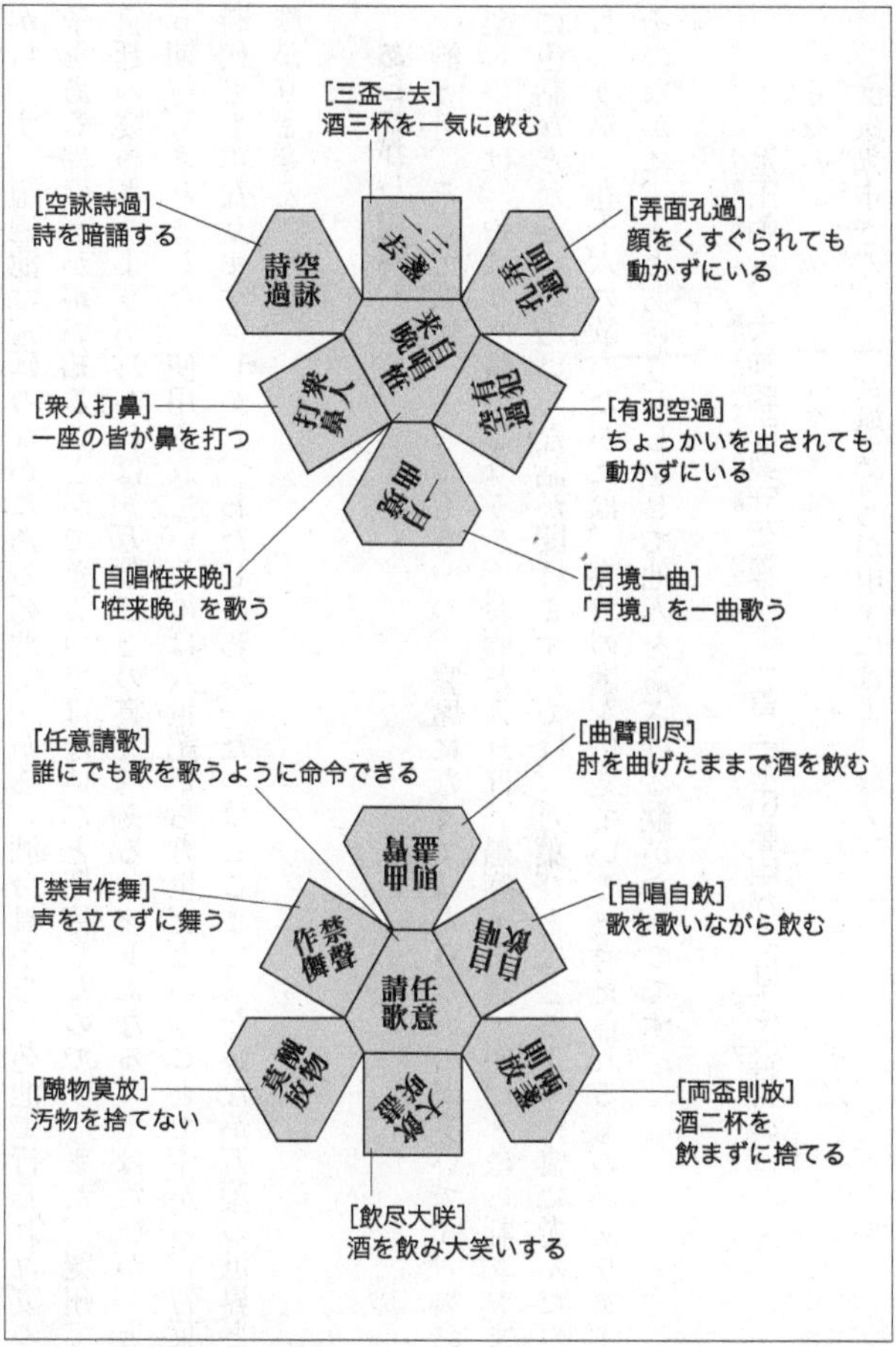
[三盃一去]
酒三杯を一気に飲む
[空詠詩過]
詩を暗誦する
[弄面孔過]
顔をくすぐられても
動かずにいる
[衆人打鼻]
一座の皆が鼻を打つ
[有犯空過]
ちょっかいを出されても
動かずにいる
[自唱恠来晩]
「恠来晩」を歌う
[月境一曲]
「月境」を一曲歌う
[任意請歌]
誰にでも歌を歌うように命令できる
[曲臂則尽]
肘を曲げたままで酒を飲む
[禁声作舞]
声を立てずに舞う
[自唱自飲]
歌を歌いながら飲む
[醜物莫放]
汚物を捨てない
[両盃則放]
酒二杯を
飲まずに捨てる
[飲尽大咲]
酒を飲み大笑いする

酒令具の展開図と14の酒令

からです。雁鴨池は宮廷のなかにある苑池ですから、酒令具から、苑池で行われた宴《うたげ》の様子をある程度うかがい知ることができるのではないかと期待したのです。また、慶州での宮廷の宴のありようがわかれば、万葉びとの宴を考えるヒントになるのではないか、という期待もありました。使用されていたのは八世紀から九世紀ということですから、万葉の時代とも重なります。しかし、わたしにわかったのはここまで。なかなか万葉の世界とは繋がりません。

あらさがしの笑い

酒と肴《さかな》、そして歌舞《かぶ》。そしてもう一つ、宴席になくてはならないのが笑いです。宴会で楽しいのは、やはり座談でしょうか。お酒が入れば、愚痴・裏話・悪口・ほら話、おまけに色話などなど、いろいろな話が聞けます。では、万葉びとはどのような宴に遊んだのでしょうか。巻十六の歌のなかには、宴での歌を伝えていると考えられるものがあります。そのなかに、人のあらさがしをして他人をあざける歌があるのです。

池田朝臣《いけだのあそみ》、大神朝臣奥守《おほみわのあそみおきもり》を嗤《わら》ふ歌一首〔池田朝臣が名は忘失《まうしつ》せり〕

寺々《てらてら》の　女餓鬼《めがき》申《まう》さく――寺々の　女餓鬼たちが申すにはよ

大神《おほみわ》の
男餓鬼《をがき》賜《たば》りて
その子孕《はら》まむ

大神の
男餓鬼を夫に頂いて
その子を孕みたいとさ！

（有由縁雑歌　巻十六の三八四〇）

これは明らかに、大神朝臣奥守が痩《や》せていることを笑った歌です。つまり、アイツの痩せようは尋常じゃないよ、アイツに妻《めあ》わせるんだったら、そりゃ餓鬼《がき》しかないよ、というわけでしょう。

もちろん反撃

もちろん、そういわれたからには反撃です。

大神朝臣奥守が嗤《わら》ひに報《こた》ふる歌一首

仏《ぶつ》造る
ま朱《そほ》足らずは
水溜《た》まる
池田の朝臣《あそ》が
鼻の上を掘れ

仏さまを作る
ま朱がたりねぇのだったら
水がたまる池じゃないけど
その池田の朝臣の
鼻の上を掘りな

（有由縁雑歌　巻十六の三八四一）

こちらの方は、池田朝臣の赤鼻を笑ったのです。「ま朱」は「マソホ」で、硫化水銀《りゅうかすいぎん》のことです。辰砂《しんしゃ》とも呼ばれた「マソホ」は、鍍金《ときん》の原料になります。水銀と金を混ぜたものをアマルガムすなわち合金として仏像に鍍金するので「仏造る　ま朱」というわけです。大和《やまと》で有名なのは、宇陀の真朱《まそほ》で、

赤土《はに》に寄する

大和《やまと》の
宇陀《うだ》の真赤土《まはに》の
さ丹《に》つかば
そこもか人の
我《わ》を言《こと》なさむ

大和のね
宇陀が産地の赤土がね
付いたようにね顔を赤くしたらね
そんなことでもね
俺のことをね　あれこれいうよ
困ったもんだ

（譬喩歌　巻七の一三七六）

という歌もあります。「宇陀の真赤土《まはに》」というのは、まさに真朱のことなのです。あの子が好きだということが、ちょっとでも顔に出たら、みんな噂するだろうな、という内容の歌です。この歌で確認できることがあります。好きな人のことを隠すことができずに赤

面してしまうことを、宇陀の真朱で喩えることもあったということです。こういう喩えに真朱が使われるということは、真朱に対する知識が、当時の人びとにある程度ゆきわたっていたことを示しています。実は、この点が重要なのです。なぜならば笑いというものは、送り手と受け手の間にある程度の共通の知識がないと成り立たないからです。たとえば、「仏造る　ま朱」の歌の場合は、鍍金に真朱が必要だという知識がなければ、笑えません。

餓鬼についても一定のイメージが共有されていた

それは、餓鬼についても同じでしょう。当時の大寺には餓鬼道に堕《お》ちた亡者の極端な痩《そう》身《しん》の像が置かれていたのではないでしょうか。大伴家持に熱い思いをもちながらも、失恋してしまった笠女郎《かさのいらつめ》は、次のような歌を残しています。

相思《あひおも》はぬ
人を思ふは
大寺《おほてら》の
餓鬼の後《しりへ》に
額《ぬか》つくごとし

振り向いてもくれない
人を思うのは……
大寺の
餓鬼のうしろに
額ずくみたいなもの——ただ、虚しいだけよ　（相聞　巻四の六〇八）

何のご利益《りやく》も期待できない絶望的気分を自嘲的に歌った歌ですね。当時の人びとも、餓鬼といえば、苦しみの形相《ぎょうそう》をもつ痩身の亡者とイメージできたのでしょう。仏ならぬ餓鬼、それも前からではなくお尻から。それではご利益などありようはずもありません。この歌からわたしが読み取りたい点は、餓鬼についても、当時の人びとの間には一定の共通理解があったのではないか、ということです。だから、『万葉集』を編纂《へんさん》するときも餓鬼の注記を必要としなかったのでしょう。

ちなみに窪田空穂《くぼたうつぼ》（一八七七―一九六七）の『万葉集評釈』という注釈書には、池田朝臣の着想について次のように解説した部分があります。

餓鬼の世界に夫婦生活があり、子を生み續《ママ》けようといふので、その空想の突飛さが笑ひとなるものである。（『万葉集評釈』）

この点が池田朝臣の「着想の妙」といえるかもしれません。

宴の笑い

池田朝臣、大神朝臣奥守の笑いあいは、相手を笑う戦いであると同時に、着想の妙を競うものでした。すなわち、餓鬼と痩身に合わせた結婚の「とんち」、真朱と鍍金に合わせた赤鼻の「とんち」というようにです。つまり、そういう「とんち」を競い合ったのです。
この「とんち」合戦は、あと三組続きます。

瘦身（三八四〇番歌）⇕赤鼻（三八四一番歌）
多毛（三八四二番歌）⇕赤鼻（三八四三番歌）
色黒（三八四四番歌）⇕色白（三八四五番歌）
法師の剃り毛（三八四六番歌）⇕俗人の徴税に対する憂慮（三八四七番歌）

おそらくこのゲームでは、その場にいる人を笑うのがルールだったのでしょう。さらに、やられたらやり返すというルールもあったかもしれません。これらの歌のなかには名前が多く読み込まれていますが、それはゲームの参加者たちが互いに互いを挑発しあうからなのです。そのルールの上で競い合った歌の妙というものは、次のようなものではなかったかと、わたしは推定しています。

① 誰のどういうあらを探すかという、あらさがしの妙
② そのあらをどのように喩えるかという、「とんち」の妙
③ ①と②をどのように歌にするかという、歌作りの妙

①②③は一体のものであったでしょうが、あえて分解すれば、この三点を競い合ったのではないでしょうか。聞き手に共有されているであろう知識を勘案しながら。

無礼講

以上はあくまでも仮説に仮説を重ねて、ゲームとそのルール、さらにはその評価基準を想定してみました。しかし、もう一つ大切なルールがあります。それは、ゲーム中はどんなことをどんな人からからかわれても怒らない、というルールです。なぜならば、ルールのもとでは参加者は平等という原則があるからです。したがって、ゲームに参加するかぎり平等なので、どんな身分の人が参加しても、その場は無礼講《ぶれいこう》ということになったはずです。

芸人の芸をめでる

以上は、宴会の出席者が、平等なルールのもとで楽しむゲームの例でした。対して、特定の人物の芸を、皆で楽しむということもあったと思います。そういう、今日でいえば芸人的地位を有していたと考えられる歌人に、長忌寸意吉麻呂《ながのいみきおきまろ》という人物がいます。意吉麻呂については、持統《じとう》・文武《もんむ》朝に活躍したということしかわかりません。したがって、彼は柿本人麻呂《かきのもとのひとまろ》とほぼ同時代の人物ということになります。けれども、そのほかの履歴についてはまったく不明の人物です。

意吉麻呂が巧みに歌を詠むということはおそらく有名で、ために宴席に招かれるということもあったのではないでしょうか。その場合には、当然、注文も出たはずです。そういった注文に応じて作ったと思われるのが、「長忌寸意吉麻呂が歌八首」（巻十六の三八二四—三八三一）であったと思われます。

さいころの目を歌う

その注文のなかには少し意地悪なものもあったようです。それは、さいころの目について詠んでください、という注文だったからです。一から六まであるさいころの目をいったいどのように歌にするのか。その注文を受けて意吉麻呂は歌います。

双六《すぐろく》の頭《さえ》を詠む歌

一二《いちに》の目
のみにはあらず
五六三《ごろくさむ》
四《し》さへありけり

一二の目
ばかりではございませぬ……
五六三
四さえございまするぞ

双六の頭　一さいころの目というやつには　（有由縁雑歌　巻十六の三八二七）

つまり、さいころの数字を並べただけの歌です。おそらくこれを聞いた人は、それくらいなら俺だって歌えるぞー……と野次《やじ》を飛ばしたことでしょう。しかしわたしは、それでも芸になっていると思います。宴会芸というものは、そういうものなのです。

はずしの芸

皆に期待をさせておいて、相撲の肩透かしのように、わざとはずして笑わせる、そういう芸もあるのです。だから、野次が飛ぶのも計算済みのことだったと考えられます。実は山上憶良《やまのうへのおくら》にも次のような歌があります。憶良はまず、秋の野の花を指を折って数えてみると七種類ありまーす！……と歌います。

山上臣憶良《やまのうへのおみおくら》の秋野の花を詠む歌二首

秋の野に　咲きたる花を　指《および》折り　かき数《かぞ》ふれば　七種《ななくさ》の花〔その一〕

（秋の雑歌　巻八の一五三七）

つまり、憶良は聞き手に次の歌を期待させるのです。聞き手は、次の歌を、どのように歌うか注目するはずです。なにせ、七種もの花を歌わなくてはなりません。次の歌に注目したことでしょう。聞き耳を立てて。なにせ、遣唐使にもなった秀才・憶良。秋の野の花をどのように歌うか、その場に会していた一同は、注目していたと思います。すると彼はこう歌いました。

萩《はぎ》の花　尾《を》花葛花《ばなくずはな》　なでしこが花　をみなへし　また藤袴《ふぢばかま》　朝顔《あさがほ》が花〔その二〕

（秋の雑歌　巻八の一五三八）

なんと、ただ花の名前を並べただけです。関西のお笑い芸人なら「なんやそれ、そのまやんけ！」と頭を打つ場面でしょう。しかしそれは芸としてみれば、たいそう難しいものであったと思います。なぜならば、期待をもたせるために充分な間《ま》をためる必要があるからです。この「ため」がないと二首目の肩透かしがうまく活きません。

万葉びとに学ぶ宴会芸の極意

わたしは、こういった歌々は宴会芸であると考えています。宴会で大切なのは、観客と、時と場を共有することです。どんなにすばらしい芸でも聞き手が飽きているとすれば、それは宴会芸としては失格だと思います。それは、スピーチも同じだと思います。日本人のスピーチも、最近はかなり改善されたようですが。

では、時と場をともにしている喜びを言葉で表現して客を楽しませるためには、何が必要なのでしょうか。わたしは、即興性と意外性がなくてはダメだ、と考えています。なぜ即興性かというと、その場にいる人たちの関心は、数秒ごとに移ってゆくからです。それを掬《すく》い取る洞察力がなくては、宴会芸はうまくできません。宴会芸は芸の完成度を競うものではないのです。時と場を掬い取る力を競うものなのです。

もう一つは、意外性です。意外性は、心に何かを焼き付ける働きをもちます。相撲で、小結が横綱に勝った一番はすぐに思い出せるはずです。今回挙げた歌々を振り返れば、歌い手たちが、いかに聞き手に対して意外性ある表現を模索しようとしたか、おわかりになったと思います。これが、万葉びとに学ぶ宴会芸の極意です。

第十一章　宴席と庭園

キーワード
中臣清麻呂／あるじを祝福／「君が代」
話題転換／命捧げます／寵愛を争う／山斎

万葉の時代を駆け抜けた男

第十章は、ゲームと芸を中心に、宴会の芸と笑いについてお話ししました。第十一章では、その宴席が行われた庭園についてお話しします。

最近わたしには、気になって気になってしかたがない人物がいます。万葉研究者以外には無名ですが、彼こそは万葉の時代を駆け抜けた男なのです。今回は最初に、その男について語ってみましょう。

延暦《えんりやく》七（七八八）年七月二十八日、一人の男が没しました。その男の名は、中臣清麻呂《なかとみのきよまろ》。宝亀《ほうき》二（七七一）年に右大臣に任じられた清麻呂は、天応《てんおう》元（七八一）年に引退するまで、約十年間の長きにわたり太政官《だいじょうかん》の最高位にありました。つまり、この期間、彼は行政機構のトップにいたわけです。現在でいえば首相ということになります。清麻呂は、長岡遷都《せんと》後も、旧都となった平城京の右京二坊二条の邸宅に住み続け、彼の地で大往生を遂げています。齢、八十七歳。逆算すると、大宝《たいほう》二（七〇二）年に生まれたことになります。彼は、万葉のミヤコ奈良に生き、死んだ男なのでした。

すなわち、清麻呂こそは、幼年期は飛鳥・藤原に遊び、平城京遷都以降、その栄枯盛衰のすべてを見て、没した人物といえるのです。実に、文武《もんむ》・元明《げんめい》・元正《げんしょう》・聖武《しょうむ》・孝謙《こうけん》・淳仁《じゅんにん》・称徳《しょうとく》・光仁《こうにん》・桓武《かんむ》の各天皇の御代《みよ》を生き抜いた人物、ということになります。

ちなみに、彼と親交を結んでいた大伴家持《おほとものやかもち》は十六歳年下なのですが、延暦四（七八五）年に六十八歳で没しています。家持が没したとき、清麻呂は八十四歳でした。まさに、万葉の時代を駆け抜けた男、といえるでしょう。

清麻呂が歌う故郷・明日香の景

清麻呂の父・意美麻呂《おみまろ》は、和銅《わどう》元（七〇八）年に中納言神祇伯《じんぎはく》（太政官と並立する神祇官《じんぎかん》の最高位）まで上り詰めた人物ですが、一時期不遇な時代もありました。朱鳥《あかみどり》元（六八六）年に、大舎人《おほとねり》であった意美麻呂は大津皇子《おほつのみこ》事件に連座して捕えられているからです。意美麻呂・清麻呂父子は、この激動の時代を生き抜いた人物でもあったのです。

その清麻呂が、天平勝宝《てんぴょうしょうほう》三（七五一）年十月二十二日に、紀飯麻呂《きのいひまろ》の家で行われた宴会で朗誦した歌を、『万葉集』巻十九は次のように伝えています。

明日香川
川門《かはと》を清《きよ》み
後《おく》れ居《ゐ》て
恋《こ》ふれば都
いや遠《とほ》そきぬ

明日香川
その渡り場の水が清らかなので
ついつい明日香古京に居残って
恋い慕っているうちに　ミヤコは……
さらに遠くに行ってしまった——

右の一首、左中弁《さちゅうべん》中臣朝臣《あそみ》清麻呂の伝誦《でんしょう》する古き京《みやこ》の時の歌なり。
（巻十九の四二五八）

これは、清麻呂がその場で作ったのではなく、清麻呂が誰かから習って伝えていた歌、すなわち伝誦歌を披露した歌です。それは「古き京」の歌でした。「藤原にミヤコが遠のいても、わたしの思いは明日香に留まる。だから、明日香に留まっていると、さらにミヤコは平城京に遷《うつ》った」ということを言い表した歌です。おそらく、それは二度の遷都を経験した人間の気持ちを代弁した伝誦だったのではないでしょうか。第二章で見たように、万葉の時代はまさに遷都の時代だったのです。彼は八歳までを藤原で過ごしたはずですから、明日香川は幼少期に遊んだ川だったはずです。とすれば、これは清麻呂の愛誦歌《あいしょうか》だったかもしれませんね。ちなみに、この歌が披露された天平勝宝三年、ときに清麻呂は五十歳でした。
明日香から眼と鼻の先にある藤原に都が遷っても、

采女《うねめ》の　　　　昔、采女の
袖吹き返す　　　　袖を吹き返した
明日香風《かぜ》　　　　明日香風
京《みやこ》を遠み　　　　ミヤコが遠くなった今は
いたづらに吹く　　　　虚しく吹くだけ　　　　（雑歌　巻一の五一）

と、志貴皇子《しきのみこ》は感傷に浸《ひた》ったのですが、和銅三（七一〇）年、都は藤原からさらに遠の
いて奈良の地に遷ります。歴代の天皇に仕え、幾たびの遷都を経験した清麻呂。彼は、明
日香川への、明日香への望郷の念をもって、この歌を愛誦していたのではないでしょうか。
幼き日の思い出に浸りながら。

宴会の時と場所

そんな清麻呂を敬愛する家持をはじめとした文雅《ぶんが》の士が、天平宝字《てんぴょうほうじ》二（七五八）年二月、
平城京の清麻呂の邸宅に集まりました。正確にいうと「右京二坊二条」で、平城宮の西南

にあたります。

前後の歌から宴会の日を類推すると、二月一日から九日までの間ということになります。ときに、清麻呂五十七歳。家持は四十一歳であったと思われます。『万葉集』の巻二十は、この日の宴で詠まれた歌を現在に伝えてくれています（巻二十の四四九六—四五一三）。その日の宴は、この歌からはじまったようです。

二月に、式部大輔《しきぶのだいぶ》中臣清麻呂朝臣の宅《いへ》にして宴する歌十五首

①恨めしく	なんとまぁ恨めしい
君はもあるか	お方でいらっしゃる！
やどの梅の	お庭の梅が
散り過ぐるまで	散ってしまうまで
見《み》しめずありける	お見せくださらないなんて

右の一首、治部少輔《ぢぶのせうふ》大原今城真人《おほはらのいまきまひと》　（巻二十の四四九六）

家に招かれていながら、突然あるじに「恨めしい」と大原今城《おほはらのいまき》は歌いかけます。あるじをとがめているのです。しかも、集まった人間のなかでいちばん身分が低かったのは、なんと大原今城でした。これに対して、あるじ清麻呂が答えます。

②見むと言はば
否《いな》と言はめや
梅の花
散り過ぐるまで
君が来《き》まさぬ

おまえさんが　見たいといえばだなぁ
いやとはいえまいな――
梅の花が
散り過ぎてしまうまで
おまえさんの方じゃ　来なかったのは！

右の一首、主人《あろじ》中臣清麻呂朝臣　（巻二十の四四九七）

つまり、あるじ清麻呂は今城の挑発にのって、反論しているのです。この呼吸は、先輩に食ってかかる後輩のよう。いちばん身分の低い今城が、なぜトップバッターで歌を歌ったのか、研究者たちも思案しています。ある学者は、身分の低い今城こそこの宴の世話役だったといいます。またある学者は、この宴は無礼講《ぶれいこう》だったのではないか、と推測します。わたしはそのどちらかであろうとは思いますが、ようするに今城は、あるじにチョッカイを出す役回りを演じたのだと思います。あるじを引っ張り出す、誘い水をかけたのです。だから、挑発的に歌って、あるじが歌わざるを得ないようにしむけたのです。

と同時に、時候のご挨拶。「本日は、残念なことに梅の花は散ってしまいましたが……」と挨拶をしたのです。そして、実際に清麻呂の屋敷には立派な梅の木があったのです。

「あぁー、見たかったー」というところでしょうか。しかし、ここに今城の巧みな作戦があるのです。今城のように、悔しがれば悔しがるほど庭の梅は讃《たた》えられます。梅が讃えられれば、梅の木のあるじの株もあがるというもの。悔しがることが、ほめることに繋がる歌表現の好例です。

家持登場、あるじを祝福する

梅問答を受けて、家持が登場します。

③　はしきよし　　　　いとおしい
　　今日の主人《あろじ》は　　　今日のあるじ様には……
　　磯松《いそまつ》の　　　　　磯松のごとくに
　　常にいまさね　　　いつまでもご壮健でいてください
　　今も見るごと　　　今、おすこやかであらせられますように——
　　　右一首、右中弁《うちゅうべん》大伴宿禰《すくね》家持　　　（巻二十の四四九八）

梅の木が出たのを受けて、家持が歌ったのは「磯松」でした。では、家持は突然、海辺の岩礁の松の話を出したのかというと、そうではありません。おそらく、清麻呂の邸宅の庭には池があったのでしょう。池には岩が配されて、松が植えられていたのです。池は海に、護岸の石積みは磯に見立てられていたのでしょう。だから突然「磯松のように」と歌えるのです。そして、何よりも松は、長寿の象徴。「庭の松を見て、あの松のように、いつまでもいつまでもご壮健にて……」と賀の言葉を述べたのでした。ある学者は、この宴を、あるじ清麻呂の長寿を寿《ことほ》ぐ宴会だったと推測しています。

何を、どう讃えるか、それが問題だ

しかし、わたしはこう考えます。清麻呂は一座の長老でなおかつあるじであったことを考えると、彼を讃えることは、宴に招かれた者のエチケットであった、と思います。ただし、その讃え方が問題です。家持は梅の歌が続いたのを見て、松に話題を振ったのです。おそらく、庭に松があるのを見て、松を歌ったのでしょう。皆が見ているものを歌えば、場が盛り上がります。ちなみに、「君が代」は、岩を通して、参会者のなかでのいちばんのお年寄りの長寿を寿ぐ歌です。したがって、「君」はもともとは、長老を指していたと思われます。天皇を指したのではありません。「君」を天皇とした解釈は、後に生まれたものです。

この祝辞に、あるじ清麻呂は、こう答えました。

④　我《わ》が背子《せこ》し　かくし聞こさば　天地《あめつち》の　神を乞ひ禱《の》み　長くとそ思《おも》ふ

（中臣清麻呂　巻二十の四四九九）

「おまえさんがそういってくれるなら、天地の神にでも祈って長生きしたいと思うよ」と清麻呂は答えました。清麻呂は元気だったのでしょう。「今日の主人は　磯松の　常にいまさね　今も見るごと」（巻二十の四四九八）と、「今日」と「今」とが歌われるのは、清麻呂が、まさに健やかであったのだと思います。

市原王登場、敬慕の念を述べる

清麻呂の歌は、家持とそこに集まってくれた人への謝辞になっていますね。「そうか、そう言ってくれるのなら、わしも一つ、長生きするよ」と。清麻呂のこの謝辞を受けて、市原王《いちはらのおほきみ》が歌います。市原王とその父である安貴王《あきのおほきみ》、そして安貴王の夫人である紀女郎《きのいらつめ》と大伴家持の交際については、第九章で述べたところです。市原王は、家持と清麻呂の問答を受けて、

⑤　梅の花　香《か》をかぐはしみ　遠けども　心もしのに　君をしそ思ふ

（市原王　巻二十の四五〇〇）

と歌いました。「梅の花の香を慕い、遠く離れたところにおりましても、心では常に清麻呂様のことをお慕い申し上げます」と述べているのです。これは、敬慕の念を申し述べたものです。離れたところに住んではいても、心では近しく思います、という意味です。梅香は人の心に安らぎを与え、人を引きつけます。これは、清麻呂邸の庭の梅を讃えると同時に、清麻呂の人柄を讃えて表現したもの。梅の香りのようなあなたの人柄に惚れて、わたしたちはあなたを慕いつづけます、といいたいのでしょう。清麻呂様が長生きなさるというのでしたら、わたしたちはついてゆきますから、といっているのです。

市原王を困らせようとした家持

市原王がこのように梅を歌ったことを、チクリと家持が刺しました。彼はこう歌います。

⑥　八千種《やちくさ》の　花はうつろふ　常磐《ときは》なる　松のさ枝《えだ》を　我《われ》は結ばな
（大伴家持　巻二十の四五〇一）

「どんな花でも、花というものは移ろうものです。永遠に移ろうことのない松の枝をわたしは結んで、わたしは清麻呂様のご長寿をお祈りしますがね」と家持は歌いました。松を結ぶのは健康で長生きするためのおまじないです（巻六の一〇四三）。

しかし、こう歌われてしまうと、市原王の寿ぎの言葉が色あせてしまいます。「花はいけません、色あせますから。松でなくてはいけません。こちらは永遠です」というのですから。冒頭の梅問答から、松に話題を変えたのは家持です。ここは、梅でなく、松でゆきましょう、というところではないでしょうか。

甘南備伊香登場、いえいえ磯（石）でなくては

ここで登場したのが、甘南備伊香《かむなびのいかご》という人物です。彼はこういう主張をします。

⑦　梅の花　咲き散る春の　長き日を　見れども飽《あ》かぬ　磯にもあるかも

（甘南備伊香　巻二十の四五〇二）

「梅の花散る春、長い日中見ても見ても見飽きないのは、庭池の磯（石）かもしれませんぞー」と歌いました。「そりゃね、花より松でしょうよ、長生きなのは。でもね、石はもっともっと長生き。長寿を寿ぐのだったら石じゃなくっちゃあいけません」という声が聞こえてきそうな歌です。これでは、市原王の歌も、家持の歌もかたなしです。

家持三度目の登場、形勢不利で話題転換

花は美しいが色あせるもの。色あせないのは松だが、石は永遠だ、と展開されてきたことを受けて、家持は、ならば……と歌います。

⑧　君が家《いへ》の　池の白波《しらなみ》　磯に寄せ　しばしば見《み》とも　飽かむ君かも

（大伴家持　巻二十の四五〇三）

家持は、苑池《えんち》の石積みすなわち「磯」から、池に目を転じます。磯は、池の護岸の石積みが海岸の磯に見立てられたものです。「磯に寄せる波のように、何度お会いしても飽きることがないのは、清麻呂様でございますよ」と家持は歌い継いだのです。相手に隙あらばチクリと刺す。チクリと刺されて形勢不利とあらば、話題を転換して作戦変更。そうしながら、清麻呂の長寿を寿いでゆくのです。まるで、その寵愛《ちょうあい》を競い合うかのように。

清麻呂三度目の登場、ご満悦

清麻呂は、ご満悦。家持の歌を受けて、次のように答えます。

⑨　愛《うるは》しと　我《あ》が思《も》ふ君は　いや日異《ひけ》に　来《き》ませ我《わ》が背子《せこ》　絶ゆる日なしに

（中臣清麻呂　巻二十の四五〇四）

「いとおしいとわたしが思っている君たちよ。毎日でもいいですよ。波のように絶え間なくなんどもなんどもいらっしゃい！　我が家には……」と実にご満悦です。今日ここに集まったのは、みんないいヤツばかりじゃわい、というわけでしょう。

最後に今城再登場、参会者謝辞

口火を切った今城がここで再登場します。話題が、磯（石）から池へ、池から波へ移り、それを受けた清麻呂が、だったら波のように絶え間なくいらっしゃい、我が家には……といったのを受けて、今城は歌います。

⑩　磯の裏《うら》に　常夜《つねよ》日来《ひき》住《す》む　鴛鴦《をしどり》の　惜《を》しき我《あ》が身は　君がまにまに

（大原今城　巻二十の四五〇五）

「磯の陰に昼夜やって来て住み着いたなかむつまじいオシドリ、そのオシドリではないけれど惜しい命。その惜しい命はあなたの欲しいまま。一命を預ける人は、清麻呂様しかございません」と今城は歌いました。最後には、「命捧げます」とまでいうのです。

この「命捧げます」をどうとるか、これも研究者間で意見が分かれます。一同の政治的結束を歌い上げたと考える学者もいるし、これを諧謔味《かいぎゃくみ》ある表現と取る人もいます。わたしは、後者の意見に賛成です。なぜかといえば、歌の連なりを見てゆくと、互いの歌にケチをつけながら、あるじの寵愛を競うかたちで歌が展開していっているからです。だったら、最後は「命捧げます」となるはずです。その歯の浮くようなセリフに……気のおけない仲間たちとのたのしい宴会のひとときを想像します。みんなよく言うよねぇ、と清麻呂も思ったのではないでしょうか。ここまでが第一ラウンドです。

第二ラウンドは「興に依《よ》り、各《おのもおのも》高円《たかまと》の離宮処《とつみやどころ》を思《おも》ひて作る歌五首」です（巻二十の四五〇六―四五一〇）。二年前に亡くなった聖武天皇ゆかりの高円離宮を歌い、一同はそれぞれ追慕の気持ちを確認しました。なぜならば、彼らは、聖武天皇を強く敬慕する人たちだったのです。

第三ラウンドは「山斎《しま》を属目《しよくもく》して作る三首」です（巻二十の四五一一―四五一三）。「山斎」とは山荘を表す漢語で、「斎」とは個人がくつろぐ部屋や建物のことをいいます。しかし、その山荘を自宅の庭園に誂《あつら》えることもあったようです。庭が広ければ、「ハナレ」を作って、そこでくつろぐこともできたでしょう。ここから、転じて「山斎」は庭園を指す言葉となったようです。したがって、『万葉集』の「山斎」は庭園と解することができます。古代においては、苑池のある庭園を「シマ」と称することがありますので、今日わたしたちは「山斎」と書いて一応「シマ」と訓じています。ここで、参会者はあらためて馬酔木《あしび》の美しさを発見します。と同時に季節の「移ろひ」を詠んでいます。

あるじをほめるために

客として邸宅に招かれたら、何をさておいてもしなくてはならないことがあります。それは、招待してくれたあるじをほめることです。これは今も昔も同じでしょう。しかし、難しいのはほめ方です。どうやれば自然にほめられるのか——良い方法が一つあります。庭や調度品などをほめれば、その持ち主を間接的にほめることになるのです。

次に、参会者たちは、次の事柄に細心の注意を払いました。話の流れをよくつかむということです。ことに、自分の前に詠まれた歌には、細心の注意が必要です。あらがあれば責めるし、責められたら逃げなくてはいけません。神経戦です。話し上手は聞き上手、とにかく人の歌をよく聞かなければなりません。そのあたりの駆け引きを、万葉びとから学んでください。

清麻呂の邸宅の庭を復原する

おそらく、この宴会は庭の眺めのいい部屋で行われたはずです。池があって、護岸は海の荒磯に見立てられていたようです。そこには、オシドリもいたようですね。その近くには松もあったようです。家持が長寿の象徴として注目した松です。そして忘れてはならないのが、清麻呂ご自慢だったと思われる梅です。梅は、唐から渡ってきた外来植物で高級品。梅を忘れてはいけません。さらに、第三ラウンドでは馬酔木も歌われています（巻二十の四五一一―四五一三）。

ときは、梅が散って、馬酔木の花が咲くころです。参会者たちは、目に触れた庭の景を詠み込んであるじをほめ、花ごよみの移ろいを歌にしたのでした。

万葉を駆け抜けた男の邸宅の庭を、わたしたちは巻二十の歌々から垣間見《かいまみ》ることができるのです。

第十二章　庭園と愉楽

キーワード
万葉時代の庭園文化／シマ／ソノ
ニハ／ヤド／花鳥風月

困る贈り物

第十一章では、中臣清麻呂《なかとみのきよまろ》邸宅に相集《つど》った人びとの歌を通して、天平《てんぴょう》時代の貴族の庭を覗いてみました。第十二章では、その庭に込められた個人のそれぞれの思いについて、坂上大嬢《さかのうへのだいぢゃう》を偲ぶ大伴家持《おほとものやかもち》の庭を中心に語ってみることとしましょう。

東京の下町でいえば長屋、なぜか関西の方が気取っていて、その名も「文化住宅」という集合住宅がありますよね。夕方路地に入ると、家々で作られるおかずの匂いが混ぜこぜになって、不思議な香りがただよってきます。昔は、ランニングシャツ一枚の子どもがそこから飛び出してきたものなのですが、今はお年寄りが目立ちます。

その玄関先にところ狭しと並べられている鉢植えは、おばちゃん、おっちゃんの丹精《たんせい》のたまもので、花の名前でも聞こうものなら小一時間はうんちくを聞かされて、簡単には帰してくれません。「庭がないもんで、路地に鉢を並べるんだが……」と遠慮がちにはいうものの、路地裏はさながら植木市のようになっています。ちょっとほめると、「一鉢どうぞ」ということになるのですが、これが実にやっかいなおみやげになるのです。植木や庭いじりが好きでなければついつい水遣《や》りを忘れてしまって、枯らしてしまうのがおちなのですから。しかも、一軒から受け取るともうたいへん。うちも、うちもと謹呈《きんてい》されてしまいます。一鉢一鉢に「いわく」があり、「うんちく」があり、我が子のように「思い」が植え込まれた鉢です。おいそれと枯らすわけにはゆきません。「もらってくれて、ありがとう」といわれて持ち帰ってはみたものの、平成の万葉学者のアパートのベランダで、半年後には全滅とあいなりました。妻いわく、「そんなら、もらわなきゃいいのに」と一言。

万葉時代の庭園文化

折しも、古代の庭園の発掘が相次いでいます。飛鳥京跡苑池《えんち》遺構や平城宮東院庭園、阿弥陀浄土院庭園、さらには長屋王《ながやおう》邸宅庭園。それらの庭園は、わたしたちに万葉時代の庭園文化の一端を明らかにしてくれたのでした。しかしながら以上の〈庭園〉は、長屋王のものを除いて、平城宮や寺院に付随するいわば公《おおやけ》の〈庭園〉です。対して、貴族や役人などの平城京生活者の私宅に設けられた〈庭園〉については史料も少なく、発掘事例も皆無に等しいのです。むしろ、『万葉集』が、その様子を伝える第一級の史料である、とさえいえます。第十一章で清麻呂の邸宅を見たように。

今日、〈庭園〉といっても、新宿御苑《しんじゅくぎょえん》や赤坂離宮《あかさかりきゅう》もあれば、個人の邸宅の庭もあります。またアパートのベランダも一つの私的な庭である、といえるかもしれませんね。今回語ってみたいと思うのは、個人の宅に付随する〈庭園〉についてです。なぜならば、それは平城京生活者の私的空間であり、そこに万葉びとの「愉楽《ゆらく》」を発見できる、と考えたからです。そこで、『万葉集』から庭園に関わる語彙《ごい》を拾い上げてみましょう。

シマ……十五例、池や築山《つきやま》を中心とする人工的な遊覧の空間。
ソノ……二十一例、食用植物が植えられている人工的な遊覧の空間。
ニハ……三十一例、祭祀《さいし》や儀礼、労働の空間にも利用され得る遊覧の空間。
ヤド……九十五例、「屋外」「屋前」「屋庭」と表記される建物に付随する遊覧の空間。

もちろん、この説明は原義の説明ですから、実際にはその機能やあり方はほとんど重なっています。このテキストでわたしが使用する〈庭園〉という言葉は、右の四語が重なり合うところをいうものです。

愉楽の空間

では、その庭園とはどんなところだったのでしょうか。これまた『万葉集』のなかから、拾い集めてみましょう。

①なでしこの花を見る（巻三の四六四）／黄葉を見る（巻十九の四二五九）／月の光を愛《め》でる（巻二十の四四五三）

②池がある（巻三の三七八）／池に島がある（巻二の一八〇）／築山がある（「五言。宝宅《ほうたく》にして新羅《しらぎ》の客を宴《うたげ》す」『懐風藻』）／あずまやがある（巻八の一六三七）

③橘を植える（巻三の四一一）／梅を植える（巻三の四五三）／藤を植える（巻八の一四七一）

④鳥を飼育する（巻二の一八二）／うぐいすの飛来を楽しむ（巻二十の四四九〇）／ほととぎすの飛来を楽しむ（巻八の一四八〇）／コオロギの音を楽しむ（巻八の一五五二）

これをモンタージュ写真のように組み合わせて、古代の庭園がどんな場所であったかを想像してみましょう。すると「人が遊覧を目的として（①）、地形に手を加え（②）、植物を植えたり（③）、特定の動物・昆虫を餌付《えづ》けまたは飼育したり、特定の鳥の飛来を楽しむ空間（④）」ということができます。まさに、四季折々の楽しみを極め尽くす愉楽の空間ということができますね。

「東歌」の庭、「防人歌」の庭

では、庭というのは花鳥風月を楽しむだけのところかというと、さにあらず。今日の農家の庭を想像してみてください。農作業の場でもありますよね。穀物の脱穀も行われるし、陰干しを必要とする豆類が筵《むしろ》の上にところ狭しと広げられることもあります。だから、庭は労働の場でもあったはずなのです。

そういえば、昔はわたしも庭でよく布団を干したっけ。湿度が高い日本では、どうしても布団を干す空間が必要になります。なぜ日本のアパートには必ずベランダがついているのか。それは、ベランダがなくては布団が干せないからです。とすれば『万葉集』にも、庭園での労働の歌があってもいいはずですよね。また、庭でのお祭りの歌があってもいいはずですよね。しかし、驚くほどそれは少ないのです。わたしが見たところ、麻の栽培に関わる二首と（巻四の五二一、巻十四の三四五四）、防人《さきもり》が出発するにあたり、庭に祀《まつ》られていた「阿須波《あすは》の神」という神に無事を祈願した歌の計三首です（巻二十の四三五〇）。第四章では「庭に立つ　麻手《あさで》刈り干し　布《ぬの》さらす　東女《あづまをみな》を　忘れたまふな」（巻四の五二一）を見ましたね。これらの歌々は、常陸娘子《ひたちのをとめ》の歌、東歌《あずまうた》、防人歌《さきもりのうた》とすべて東国関係歌ばかりです。

ところが、それ以外のミヤコでの庭の歌は、すべてその花鳥風月を愛《め》でる歌ばかり。それはなぜなのでしょうか。おそらくそれは、庭の花鳥風月を愛でる文化がミヤコの文化だったからだとわたしは思います。つまり、庭を庭園としてその花鳥風月を愛でるのは、きわめて都会的な文化なのです。いいかえれば、庭園を愛で、その花鳥風月を歌にするのはミヤコに住む人びとのたしなみだったのではないでしょうか。

家持の庭、なでしこが妻の庭

天平感宝元《てんぴようかんぽう》（七四九）年の夏、大伴家持《おほとものやかもち》は憂鬱なときを過ごしていました。越中《えつちゆう》に赴任をして三年目のことです。国司の任期は四年ですが、今日と同じく裁量権の運用によって、五年に延びる場合もあれば、六年に延びる場合もあります。しかし三年を過ぎれば、官人たる者、平城京への帰任を意識しだすのはあたりまえのことです。望郷の思いは募るばかり。ミヤコには、将来を頼む橘諸兄《たちばなのもろえ》がおり、我が懐かしき家族と同胞、知己がいました。しかし、そのなかでも思いが募るのは、妻・大嬢のことです。そんななかで、家持は次のような歌を詠みました。なお、ここに出てくる「ゆり」とは、「後に」ということです。

庭中の花の作歌《うた》一首〔幷せて短歌〕

大君《おほきみ》の　遠《とほ》の朝廷《みかど》と
任《ま》きたまふ　官《つかさ》のまにま
み雪降る　越《こし》に下《くだ》り来《き》
あらたまの　年の五年《いつとせ》
しきたへの　手枕《たまくら》まかず
紐解《ひもと》かず　丸寝《まろね》をすれば
いぶせみと　心なぐさに
なでしこを　やどに蒔《ま》き生《お》ほし
夏の野の　さ百合《ゆり》引き植ゑて
咲く花を　出《い》で見るごとに
なでしこが　その花妻《はなづま》に
さ百合《ゆり》花《ばな》　ゆりも逢はむと
慰むる　心しなくは
天離《あまざか》る　鄙《ひな》に一日《ひとひ》も
あるべくもあれや

大君がお治めになる　遠い役所の役人として
ご命令を受けた　任務にしたがって
み雪降る　越中国にやって来たが
あらたまの　この五年
しきたへの　妻の手枕もせず
下着の紐を解くこともなく　旅の独り寝をする俺……
悶々とした　その慰めにもと
なでしこの種を　庭に蒔いて育てる
夏の野の　さゆりの花を庭に移し植える
そうして咲いた花々を　庭に出て見るたびに
なでしこの花ではないが　撫でたいいとしき妻
さゆりの花ではないけれど　ゆり——後には逢えるだろうと
自ら慰める　その心を失ってしまっては……
ミヤコから遠く離れた　このヒナに一日たりとも
生きてはゆけようか、　けっして
生きてゆけるはずもない

（巻十八の四一一三）

反歌二首

なでしこが
花見るごとに
娘子《をとめ》らが
笑《ゑ》まひのにほひ
思《おも》ほゆるかも

なでしこの
花見るたびに
わが妻の
笑顔のまぶしさ……
思われる――

（巻十八の四一一四）

さ百合花《ゆりばな》
ゆりも逢《あ》はむと
下延《したは》ふる
心しなくは
今日《けふ》も経《へ》めやも

さゆりの花ではないけれど
ゆり――後には必ず逢えるのだと
ひそかに思う
その心　その心なくて……
今日の一日たりとも過ごせようか
過ごせるはずなどありゃしない

同じ閏《うるひ》五月二十六日に、大伴宿禰《すくね》家持作る。　（巻十八の四一一五）

家持は、自らの「ヤド」に「なでしこ」の種を蒔き、野の百合を移植したのでした。その理由は「いぶせみと　心なぐさに」と記されています。「いぶせみ」とは、心が晴れ晴れとしない状態をいいます。だから、自らその心を慰めたのです。

「なでしこ」は、有名な「山上臣憶良《やまのうへのおみおくら》の秋野の花を詠む歌」に「萩の花　尾花葛花　なでしこが花……」（巻八の一五三八、179ページ参照）とあるように野の花の代表ですが、それを庭に植えるということが家持の時代にもあったようです。百合も、「夏の野の　さ百合引き植ゑて」とあるように夏の野を代表する花なのですが、家持自ら野から庭へと移植したのでした。そして、その自ら植えた庭の花を取り合わせて歌い込み、憂さを晴らしたのでした。

「百合」は「ゆり」すなわち「後」を引き出しているだけなのですが、「なでしこ」は「なでしこがその花妻」という表現は、可憐な妻・大嬢をほめ、望郷の思いの中心が妻との再会にあることを示しています。

「なでしこ」は、家持が偏愛した花なのでした。しかも、ここでどうしても注意しておかなくてはならないことがあります。それは、家持と坂上大嬢との間には、「なでしこ」に関わる思い出のあったことです。若き日の家持は、こんな歌を大嬢に贈っているのです。

大伴宿禰家持が、坂上家《さかのうへのいへ》の大嬢に贈る歌一首

我《わ》がやどに　――わたしの家の庭に

蒔《ま》きしなでしこ
いつしかも
花に咲きなむ
なそへつつ見む

蒔いたなでしこの花
いつになったら
花は咲くのだろうか
その花を君だと思って　僕は見るだろう　僕は見る
（春の相聞　巻八の一四四八）

この歌は巻八の「春の相聞《さうもん》」の冒頭に位置する歌です。したがって、秋の開花を「いつしかも」と待つ歌なのです。しかし、それはそのまま、大嬢の女性としての成長を待つ歌となっています。家持は、それを「なでしこ」の開花と重ね合わせているのです。ときに、天平《てんぴょう》五（七三三）年春のことです。家持は早く結婚したいのでしょう。

また、大嬢とは、庭でともに遊んだ思い出もあったようです。家持は次のような歌を、大嬢に贈っています。

大伴宿禰家持が坂上大嬢に贈る歌一首〔幷せて短歌〕

ねもころに　物を思へば
言はむすべ　せむすべもなし
妹《いも》と我《あれ》と手携《てたづさ》はりて

しみじみと　思い合わせてみると
言葉にもならず　手立てもないのだ
おまえさんと俺と　手をつないで

朝《あした》には　庭に出で立《い》ち
夕《ゆふへ》には　床《とこ》打ち払ひ
白《しろ》たへの　袖さし交《か》へて
さ寝《ね》し夜《よ》や　常にありける
あしひきの　山鳥《やまどり》こそば
峰《を》向《む》かひに　妻問《つまど》ひすといへ
うつせみの　人なる我《あれ》や
なにすとか　一日一夜《ひとひひとよ》も
離《さか》り居《ゐ》て　嘆き恋ふらむ
〈以下、省略〉

朝には　庭にたたずんで
夕方には　寝床の塵を払いのけ
真っ白な　袖を交わし合って
共寝をした夜など　少しはあったかねぇ
あしひきの　山鳥ならば
峰の向こうに　妻問《ど》いもできようが
うつせみの　ただの人であるわたしは
どうすりゃいいのか　一日一夜も
離れて暮らし　ただ嘆き恋しがるだけ……
〈秋の相聞　巻八の一六二九〉

結婚をしても、多忙のために妻との時間も取れない家持の嘆きの歌ですね。このとき家持は久邇京におり、妻・大嬢は平城京にいました。こんな状況の家持にできることは、歌を詠むことだけでした。その家持の気持ちが表れていますね。

さらに、この歌からはおもしろいことがわかります。家持は、理想の夫婦生活をどのように考えていたかがわかるのです。彼は、朝は手に手を取って庭で遊び、夜は袖を重ねて共寝をするのが、理想の夫婦生活だと考えていたのです。

久邇京滞在などで思うように大嬢と逢えない家持は、夫婦が睦《むつ》み合った日はいったいいく日あっただろうかと嘆いているのです。ときにそれは天平十二（七四〇）年前後のことでした。以上のように考えると、大嬢と庭にまつわる思い出があったことは間違いありません。

家持が越中の宅の庭に「なでしこ」を植えたのは、それを「形見」「偲《しの》ぶ草」にするためでした。恋人どうしが「形見」「偲ぶ草」として植物を植えることは、当時の流行であったようです。彼はこういう思い出を胸に、遠く越中から妻を偲び、なでしこを愛でたのです。

ふたたび長屋へ

おっちゃんやおばちゃんたちの丹精の鉢植えを枯らしてしまったわたしの気持ちは、なんともばつの悪いものでした。花鳥風月を愛でる庭、愉楽の庭、思い出の庭。庭にもそれぞれの思いが詰まっているようですね。おそらく家持もそうだったと思います。家持も、庭の一木一草、一石に、思い出が詰まっていたのでしょう。ことに、大嬢と結びつくなでしこには。

第十三章　愉楽と現在

キーワード
発見する愉楽／花見／「松」と「待つ」
蓄積された時間／私的な時間／過去との対話

与えられた愉楽は有限だが、発見する愉楽は無限である

第十二章は、花鳥風月を愛でる庭園のあり方、さびしさを慰める庭園の愉楽《ゆらく》についてお話し致しました。第十三章の本章は、最終章。愉楽と現在をテーマとして、また庭に遊ぶ愉楽について語ります。

小さいとき、わたしはよく祖母に連れられて芝居や歌舞伎を見に行きました。それも、初日に。初日の切符を取るのはたいへんです。けれど、祖母はちゃんと初日の切符、それもいい席を取るのです。それはもらった切符でした。おおどころの興行があると、決まって呉服屋さんが、切符を持ってきてくれるのです。それも、特等席の切符を、ただで。

しかしながら、ただほど高いものはありません。呉服屋さんと祖母が、三代目がいいとか、四代目はしぶいとかいう話をしているうちに……。「ならば、奥様、今度の芝居には、

どんなお召し物を着ていかれるのですか？」という話になり、あれこれ相談しているうちに、着物や帯を新調することになります。したがって盆と暮れの興行のたびに、着物が増えてゆくのです。そして、決まって本人もこういいました。ただほど高いものはない、と。

興行の初日、劇場に行くと、祖母はやって来ている奥様たちの着物を、にこやかにご挨拶しながら鵜《う》の目鷹《たか》の目でチェックします。あれは良いとか、高いはずだとか、もう何を見に来ているやらわかりません。初日は、土地の検番《けんばん》の芸者さんが来ています。祖母は、昔は芸者さんは休憩時間に着物を着替えたものだ、といいました。祖母がいうには、旦那《だんな》衆《しゅう》がその羽振りのよさを見せつけるために、ひいきの芸者衆の着物を新調するのだそうですが、それが競争となって、着替えをするのだといっていました。つまり、着替えれば、二枚の着物を見せつけることができるのです。中学生になっていたとはいえ、祖母はたいへんな英才教育をしてくれたものです。

しかし最近、鏑木清方《かぶらぎきよかた》（一八七八—一九七二）の随筆を読んでいて、明治の末までその着替えの風習が東京にも残っていたことを知りました。清方は、画家として江戸の名残をとどめる風景を描きつづけましたが、郷愁をさそう随筆も絶品で、わたしも愛読者の一人です。

晩年、祖母は誂《あつら》えた着物を見ながら、その着物を着て見た芝居の話をしてくれました。芝居を見る楽しみ、芝居に着てゆく着物を誂える楽しみ、着物のセンスを競い合う楽しみ、その着物を見ながら芝居について語る楽しみ、さらには客の着物を評論する楽しみ。もう、きりがありません。

愉楽というものは、与えられるとそれはもう受身でしかありません。受身ですから、有限です。しかし、個々人が発見する愉楽は、無限の広がりをもちます。着物を見ながら、自らの観劇史のごときものを語る祖母の笑顔は、愉楽の微笑そのものであった、と思います。今、思い出してみても。

記念植樹も形見である

わたしは第十二章で、万葉びとにとって庭園とはどんなところだったのかということを語り、庭園の草木への思いというものを語りました。しかし、それは与えられた庭園の愉楽について語ったに過ぎません。庭園には、見る楽しみというものもあるのですが、作る楽しみというものもあるのです。庭園を見てそこに美を発見するというのも一つの愉楽ですが、自ら庭園を造れば、また別の愉楽も発見できるのです。

すでにわたしは第十二章で、大伴家持《おほとものやかもち》がなでしこの種を蒔《ま》き、野のゆりを移植したことを申し述べました。庭に植物の種を蒔き、野草を移植する。そういった楽しみを、万葉びとは知っていたのですね。それは、一つのブームでもあったようです。山部赤人《やまべのあかひと》もこんな歌を残しています。

a　恋《こひ》しけば　　　　恋しくなったら
形見《かたみ》にせむと　　お前さんを思うよすがとしようと
我《わ》がやどに　　　　我が家の庭に
植ゑし藤波《ふぢなみ》　　植えた藤の花が……
今咲きにけり　　　　今咲き出した――
（夏の雑歌　山部赤人　巻八の一四七一）

「形見」というのは、第五章で述べたように、死に別れ／生き別れに関係なく、相手を偲《しの》ぶよすがとなるような贈り物のことを指す言葉です。旅立つ者が、送ってくれる相手に、恋しくなったらこれを見てわたしのことを偲んでください、と渡すのが「形見」です。したがって、今日の卒業記念植樹も形見といえるのではないでしょうか。これに似た女歌が巻十に伝わっています。

b　恋しくは　　　　恋しくなったらね
形見にせよと　　　形見にしろよと
我《わ》が背子《せこ》が　　あの男《ひと》が
植ゑし秋萩《あきはぎ》　　植えた秋萩

花咲きにけり　　――その秋萩が咲きました　でもあの男は来ないけど

（秋の雑歌　詠花　巻十の二二一九）

こちらは、女歌であることを生かして、訳してみました。ただし、庭に植えたとは歌に出てきません。けれども、男が女の家に植えたことは明白なので、庭に植えたと考えてよい歌です。aとbの歌に共通していることは、偲ぶ草の花が咲いたということです。逢いたい人に、今は逢えないけれど。これは、第七章において語った「待つ女の文芸」の一つといえるでしょう。

逢えないことを嘆き、形見に偲ぶ

対して、男が女に見てもらおうと植えた萩《はぎ》もあったようです。

c

秋さらば	秋がやってきたら
妹《いも》に見せむと	あの女《こ》に見せようと思って
植ゑし萩	俺が植えた萩
露霜《つゆしもお》負ひて	でも　露霜をかぶって
散りにけるかも	散ってしまったんだなぁ　これが

―あの女に見せないうちにね（秋の雑歌　詠花　巻十の二二一七）

おそらく、男は女に見せるために、自分の家の庭に萩を植えたのでしょう。しかし、その女が見ないうちに散ってしまったのです。つまり、女の家に草木を植えることもあれば、男の家に植えることもあったのだと思います。そして、植えるときには、二人の間で何らかの約束をしたに違いありません。だから、こういう歌い方になるのです。しかし、今はこれまた何らかの理由で、二人では見ることはできないのです。

花見に誘う

では、なぜ庭に草木を植えて愛を誓うのでしょうか。それは、その花を見て男女がともに楽しむからだと思います。かつて一緒に花を見た記憶、これから一緒に花を見ようという約束――花は景色を記憶に焼き付ける機能を持っています。ですから、愛する人、気のおけない仲間たちと、花見はしたいものなのです。あと何回の桜、あなたは誰と花見をしたいですか？「命短し恋せよ乙女」です。

d　雁《かり》がねの　　―雁が音の
初声《はつこゑ》聞きて　初音を聞いて

咲き出《で》たる
やどの秋萩
見に来《こ》我《わ》が背子

咲き出した
庭の秋萩……
早く見に来い！　私のいい男《ひと》――

（秋の相聞　寄花　巻十の二二七六）

お庭の萩が散ってしまいますよ、早く見に来てください、と女はたぶんこの歌を使者に託して贈ったのでしょう。ないしは、そういう物語を想像して楽しむ歌です。ちょっとお茶目に訳してみました。松を植えたカップルもいたようです。

e
君来《こ》ずは
形見にせむと
我《わ》が二人《ふたり》
植ゑし松の木
君を待ち出《い》でむ

あんたが来ないんだったら
形見にしようとね
わたしたち二人で
植えた松の木ですもんね
だから　待ったら必ず来てくれるよね　きっと

（寄物陳思　柿本人麻呂歌集歌　巻十一の二四八四）

二人で松を植えたんだから、待ったらあなたも来てくれるでしょうという、これも「待つ女の文芸」です。ここでは、「松」と「待つ」が掛かっています。この歌からもう一つ、おもしろいことがわかります。それは、カップルで植樹を楽しむということもあったということです。

失意の帰路、旅人の場合

ならば、夫婦や恋人どうしで、庭に好みの植物を植えて楽しむ歌の初見は、いったいどれなのでしょうか。わたしが見たかぎりでは、大伴旅人《おほとものたびと》の例ではないか、と思います。そこで、旅人の例を見てみましょう。

神亀《じんき》五（七二八）年、旅人は任地大宰府《だざいふ》において最愛の妻・大伴郎女《おほとものいらつめ》を亡くします。そして、大納言昇進のうれしさも半ば、失意のうちに平城京帰任の年を迎えたのでした。ときに、それは天平《てんぴやう》二（七三〇）年冬のことでした（第二章）。彼は、

帰るべく　時はなりけり　都にて　誰《た》が手本《たもと》をか　我《あ》が枕かむ（挽歌　巻三の四三九）

都なる　荒れたる家《いへ》に　ひとり寝《ね》ば　旅にまさりて　苦しかるべし（挽歌　巻三の四四〇）

右の二首、京《みやこ》に向かはむとする時に作る歌。

という歌を残しています。旅人にとっての帰路は、二人でやって来た旅路を独りで帰る

つらい旅路となったのです。こんな歌も残しています。

妹《いも》と来《こ》し　敏馬《みぬめ》の崎を　帰るさに　ひとりし見れば　涙ぐましも
（挽歌　巻三の四四九）

行《ゆ》くさには　二人《ふたり》我《わ》が見し　この崎を　ひとり過ぐれば　心悲《がな》しも（一に云ふ、「見もさかず来《き》ぬ」）

右の二首、敏馬の崎に過《よき》る日に作る歌。
（挽歌　巻三の四五〇）

旅人は、帰京にあたって、すでに大伴郎女との思い出のある旅路を行くことが、沈痛な旅路となることを予測していました。

「妹として　二人作りし　我が山斎は……」

さらには、たとえ、平城京に無事にたどり着いたとしても、二人の思い出のある家に入れば、思いが乱れることを予測していたのでした。そして、それは現実のものとなってしまいます。

故郷《こきやう》の家に還《かへ》り入りて、即ち作る歌三首

人もなき
空《むな》しき家《いへ》は
草枕
旅にまさりて
苦しかりけり

人もなき
妻亡き空しき家は……
草を枕とする　苦しき——
旅に勝って
苦しいもの……　(挽歌　巻三の四五一)

妹として
二人作りし
我《わ》が山斎《しま》は
木高《こだか》く繁《しげ》く
なりにけるかも

妻と一緒に
二人で作った
われらの庭
その庭の木立は高く　木立は繁って
きたものだ　(挽歌　巻三の四五二)

我妹子《わぎもこ》が
植ゑし梅の木
見るごとに
心むせつつ
涙《なみた》し流る

我が妻が
植えた梅の木
その梅の木を見るたびに
心はむせびながら
涙は流れる　こんなにも　(挽歌　巻三の四五三)

旅人は、旅立つ前に「都なる　荒れたる家に　ひとり」で寝ることは、旅よりも苦しいかもしれないと歌いましたが、「旅にまさりて　苦しかりけり」とまさに現実になってしまったのでした。

ここで注目したいのは、「家」といっても旅人が歌ったのは、「シマ（山斎）」とその「梅の木」だったことです。このことは、いったい何を意味するのでしょうか。それは、旅人にとって妻との思い出がもっとも鮮明に残っている場所が、「山斎《しま》」だったことを意味します。なぜなら、歌われた庭は、夫婦で丹精《たんせい》を込めて作った庭だったからです。「妹として　二人作りし　我が山斎は」という表現は、その事実を如実に物語っているのです。

旅人と妻の豊潤な時間

わたしは、はじめに、与えられた愉楽は有限だが、発見する愉楽は無限であると言いました。旅人は、奈良の邸宅で妻と二人して庭造りを楽しんでいたのです。だから「妹として二人作りし」という表現が出てくるのです。庭を見る楽しみも、作る楽しみも、そして思い出にする楽しみも、万葉びとはよく知っていたのでした。

おそらく、旅人にとって妻との庭造りは、二人で過ごしたもっとも豊潤《ほうじゅん》な時間だったのでしょう。だからこそ、悲しみは尽きないのです。

蓄積された膨大な時間

ようやくの最終章です。わたしは、「現在と都市」から語りはじめ、ようやく「愉楽と現在」までたどり着きました。つまり、ふたたび「現在」に戻るのです。わたしがこのテキストにおいて繰り返し述べたのは、過去との対話です。読み手の側が過去に問いかけないかぎり、古典は、史料は——黙して語ることはありません。わたしは、十三の現代的課題を取り上げて、それを『万葉集』に問いかけました。それが、われわれの何にどのように役立つかは、はっきりいってわたしにもよくわかりません。

しかしながら、十三章を語り終えた今、語り手のわたしの胸にも去来するものがあります。それは、『万葉集』という古典に蓄積された膨大な時間です。蓄積された時間とは、こういう意味です。ここに、百歳の人が十人いたと仮定します。その人たちが生きた時間というものは、同じ時代の百年なのですが、人生はひとりひとり違います。したがって、その時間はのべ千年となるはずです。歌い手には歌い手の人生の時間というものがあり、歌い手には歌い手の心情というものがあって、歌が歌われます。つまり、歌というものは、その時点で切り取られた時間であるといえるのです。まるでスナップ写真のように。

蓄積された私的な時間

では『万葉集』が蓄積している時間とは、どういう種類の時間なのでしょうか。わたしは、それを一言でいうなら、私的な時間だと思います。たとえば『続日本紀《しよくにほんぎ》』という史書は、大伴旅人の、役人としての閲歴《えつれき》を語ってはくれますが、旅人と妻が庭造りを楽しんだ時間については語ってくれません。家持に十五歳年上の恋人がいたらしいことも（第九章）、史書は伝えてはくれないのです。それは、それでよいのです。なぜならば、史書が記すのは公《おおやけ》の時間だけだからです。ために私的な時間、日常生活というものは、史書に痕《こん》跡《せき》を留めません。

世の中に生きて死んでいった多くの人びとは、史書に名前すら留めません。そして、史書に名前を連ねる人びとも、そこに記されるのは、ごく一部の公的時間だけです。果たしてそれだけが歴史なのか。公的時間だけをつなぎ合わせたものだけが、歴史なのか？　この問いこそ、柳田国男《やなぎたくにお》や折口信夫《おりくちしのぶ》、そしてフランスのアナール学派の学者たちが問いかけつづけてきた命題なのでした。

ために、わたしは、自分自身が生きた私的な時間と重ね合わせながら、『万葉集』に蓄積された私的な時間のごく一部を復原して語ろうとしたのでした。たとえば、本章では名前も伝わっていないカップルが松を植え、過ごした愉楽の時間について語りました。『万葉集』に蓄積された私的な時間、それをスナップ写真のように切り取ったのが歌だとすれば、そこから現代人のわたしたちはいったい何を読み取ればよいのでしょうか。それを考えるところから、おそらく万葉びととの対話ははじまるのだ、と思います。

おわりに

ちょっとした万葉の旅が終着駅についた。

本書の親本となるNHKラジオ第2放送テキスト「万葉びととの対話」が企画されてから、この企画に対して多くの方々が期待を寄せておられることが、わたしにもひしひしと伝わってきました。二〇〇七年の春に予告が出ると同時に、たいへんな反響がありました。そして、大学宛てに、多くのお手紙をいただきました。ぜひ、大好きなこの歌を入れてくださいというリクエスト。学徒動員と戦中戦後の動乱で『万葉集』を学ぶ機会を失った方々の、渇望感を述べた歓迎の辞。長年、短歌を、また俳句をやっているのだが、もう一度基礎から『万葉集』を学びたい。さらにうれしかったのは、視覚障害者の皆さんからの励ましの言葉です。

そうかぁ、これほどの人びとが、万葉を学びたいと考えているのかぁ、と驚いてしまいました。

しかしながら、期待が高まれば高まるほど、この世界ではまだ駆け出しの研究者に過ぎなかったわたしには、多少荷が重いような気がしてきました。そこでわたしは、それらのお手紙の一つ一つに答える気持ちでテキストを作成し、そのおひとりおひとりのお耳に届けるということに専心し、数ヶ月にわたって、その準備にいそしみました。何のてらいもなくいえば、このテキストが、そのお手紙への返書でした。

本書は、文学史や特定の歌人に焦点を当てたものではありません。したがって、体系的学習という点では、支離滅裂《しりめつれつ》と思われる方もいらっしゃるかもしれません。ただ、わたしが申し述べたかったのは、対話するつもりで万葉歌と対時《たいじ》すれば、万葉びとのさまざまな声が聞こえてくるよ、ということです。四五一六首からどのような情報を引き出すかは、ひとえに読み手の主体的意思に関わっているというのが、わたしのがんこな主張です。したがって、わたしは、なるべく多様な万葉の声を伝えようと選歌を工夫しました。したがって、時代・歌人・巻を考慮して多様な選歌をしたという自負はあります。また、長歌もたくさん紹介しました。もし、その声がお聞きの皆さんに伝わらなかったとすれば、それは我が非力の恥ずべき点であります。

また、次の点には、多くの聞き手の皆さんが、違和感を持たれたと思います。それは、各章の冒頭と末尾に、語り手の個人的体験をもとにしたエッセイ風の文章が置かれている点です。お気づきの方も多いと思いますが、この部分には語り手の関心のありかや、対象となる歌々を見る観点が寓喩《ぐうゆ》的に示されています。もちろん、こういった語りの手法には批判もあるかと思います。それは、聞き手に予断を与えて恣意《しい》的な解釈に誘導する語りの手法だからです。しかし、わたしはあえてこの方法を採用しました。それは、あらゆる解釈や解説というものは、その語り手のフィルターを経由したものである、と考えるからです。したがってわたしは、語り手は、自らの寄って立つ場所を、むしろ積極的に聞き手に示すべきである、と考えたのです。そうすれば、聞き手はそこから、その解釈の妥当性を検討してくれるはずなのです。

最後になりましたが、本書の刊行にあたり、改めて親本のテキストとラジオ放送の労をとられた多くのスタッフの皆様に、御礼を述べたい、と思います。そして、最後に本書の助産師となった角川学芸出版の皆様にも、あつく御礼を申し上げます。さあ、どうぞ！一杯！

二〇一三年十月七日

東京　龍名館にて　上野誠しるす

引用・参考文献

青木和夫ほか校注『新日本古典文学大系 続日本記』(一九八九―九八年、岩波書店)
伊藤博『万葉集釈注』(一九九五―九八年、集英社)
大阪歴史博物館編『古代都市誕生』(二〇〇四年、大阪歴史博物館)
大場磐雄「神奈備山と神社」(『大場磐雄著作集 第五巻』所収、一九七六年、雄山閣出版)
小澤毅「伝承板蓋宮跡の発掘と飛鳥の諸宮」(『日本古代宮都構造の研究』所収、二〇〇三年、青木書店)
折口信夫『万葉集研究』(一九三八年、新潮文庫)
窪田空穂『万葉集評釈』(一九四八―五二年、東京堂)
黒板勝美ほか編『日本紀略』(『国史大系』所収、一九六五年、吉川弘文館)
小島憲之校注『日本古典文学大系 懐風藻 文華秀麗集 本朝文粋』(一九六四年、岩波書店)
小島憲之ほか校注『新編日本古典文学全集 万葉集』①―④(一九九四―九六年、小学館)
桜井満『万葉集の風土』(一九七七年、講談社現代新書)
佐竹昭広ほか校注『新日本古典文学大系 万葉集』一―四(一九九九―二〇〇三年、岩波書店)
武田祐吉『増訂 万葉集全註釈』(一九五六―五七年、角川書店)
武田祐吉ほか校注『日本古典文学大系 古事記 祝詞』(一九五八年、岩波書店)
奈良文化財研究所編『日中古代都城図録』(二〇〇二年、クバプロ)
奈良文化財研究所ほか編『飛鳥・藤原京展』(二〇〇二年、朝日新聞社)
山口佳紀ほか校注『新編日本古典文学全集 古事記』(一九九七年、小学館)

本書を読むための関係年表

西暦	年号		事項	一般事項
五九二	崇峻	五	宮を飛鳥の豊浦宮へ遷す。飛鳥の時代の始まり。(第一章)	
六〇三	推古	一一	十月、推古天皇、宮を豊浦宮から小治田宮へ遷す。(第一章)	
六五五	斉明	元	飛鳥板蓋宮火災で焼失。川原に宮を遷す。(第一章)	斉明天皇が即位。
六六五	天智	四	大伴旅人生まれる。(第二章)	
六六七		六	額田王「近江国に下る時に作る歌」を作る。(第二章)	大津宮へ宮を遷す。
六九四	持統	八	一二月、藤原京へ遷都。(第一章)	
七〇一	大宝	元	大宝律令制定。(第一章)	
七〇二		二	中臣清麻呂生まれる。(第十一章)	
七一〇	和銅	三	平城京へ遷都。(第十一章)	
七一九	養老	三	七月、藤原宇合、常陸守兼按察使に任命される。(第四章)	
七二四		八	二月、聖武天皇即位。(第二章)	多賀城が築かれる。
七二六	神亀	三	十月、藤原宇合、知造難波宮事に任命される。(第一章)	
七二八		五	大伴旅人、大宰帥となる。(第二章) 六月、大宰府にて大伴郎女没す。(第二、五、十二章)	渤海遣使始まる。
七三〇	天平	二	旅人帰京。(第二、十二章)一一月、旅人大納言となる。(第二章)	九月、防人を停止する。
七三一		三	七月、大伴旅人没す。(第二、五章)	
七三二		四	多治比真人広成、遣唐大使に任命される。(第三章) 三月、藤原宇合、難波宮を復興。「難波の都を改め造らしめ	

七三三	五	らるる時に作る歌」を作る。（第一章） 春、大伴家持、坂上大嬢になでしこの歌を贈る。（第十二章） 四月、多治比真人広成ら遣唐使一行、難波を出航。（第三章） 大伴駿河麻呂と大伴坂上郎女が歌をやり取りする。（第八章）	この年、山上憶良没すか。
七三四	六	十月、広成ら遣唐使一行、蘇州を出航するも、暴風雨に巻き込まれ、四散。一一月、広成、種子島付近へ漂着。（第三章）	
七三五	七	三月、四散した遣唐使のうち、広成帰京。（第三章）	
七三六	八	六月、第一八次遣新羅使、難波を出航。（第三章）	
七三九	一一	九月、家持、坂上大嬢と相聞往来する。（第五章） 秋、坂上郎女、竹田の庄に下向する。（第五章）	
七四〇	一二	一二月、久邇京へ遷都。（第九章）	九月、藤原広嗣の乱起こる。
七四一	一三	家持、このころから紀郎女への贈答歌が増える。（第九章）	
七四六	一八	七月、大伴家持、越中に赴任。大伴坂上郎女、家持に歌二首を贈る。（第三章）	六月、僧玄昉筑紫で没す。
七四九	天平感宝元	閏五月、家持、庭の花を見て望郷の歌を作る。（第十二章）	
七五一	天平勝宝三	十月、中臣清麻呂、紀飯麻呂宅での宴会で、「古き京」の歌を披露する。（第十一章）	八月、家持帰京。 一一月、『懐風藻』成る。
七五六	八	聖武天皇崩御。（第十一章）	
七五八	天平宝字二	二月、清麻呂宅で家持らを招いた宴が行われる。（第十一章）	淳仁天皇が即位。
七七一	宝亀　二	清麻呂、右大臣となる。（第十一章）	
七八一	天応　元	清麻呂、右大臣の職を辞す。（第十一章）	桓武天皇が即位。
七八五	延暦　四	八月、大伴家持没す。（第十一章）	九月、藤原種継暗殺される。

七八八		七	七月、中臣清麻呂没す。(第十一章)
八二九	天長	六	飛鳥のカムナビの飛鳥社を鳥形山に遷す。(第二章)

年表作成　奈良大学大学院　真嶋俊介・中谷藍子

本書は、二〇〇七年九月に日本放送出版協会より刊行された
『万葉びととの対話』（NHKラジオ第2放送「こころをよむ」
テキスト）を文庫化したものです。

万葉集《まんようしゅう》の心《こころ》を読《よ》む

上野《うえの》 誠《まこと》

平成25年 11月25日　初版発行
令和7年 6月5日　7版発行

発行者●山下直久

発行●株式会社KADOKAWA
〒102-8177　東京都千代田区富士見2-13-3
電話　0570-002-301（ナビダイヤル）

角川文庫 18268

印刷所●株式会社KADOKAWA
製本所●株式会社KADOKAWA

表紙画●和田三造

●お問い合わせ
https://www.kadokawa.co.jp/（「お問い合わせ」へお進みください）
※内容によっては、お答えできない場合があります。
※サポートは日本国内のみとさせていただきます。
※Japanese text only

ISBN978-4-04-405408-3　C0192

◆◇◇

角川文庫発刊に際して

角川源義

第二次世界大戦の敗北は、軍事力の敗北であった以上に、私たちの若い文化力の敗退であった。私たちの文化が戦争に対して如何に無力であり、単なるあだ花に過ぎなかったかを、私たちは身を以て体験し痛感した。西洋近代文化の摂取にとって、明治以後八十年の歳月は決して短かすぎたとは言えない。にもかかわらず、近代文化の伝統を確立し、自由な批判と柔軟な良識に富む文化層として自らを形成することに私たちは失敗して来た。そしてこれは、各層への文化の普及滲透を任務とする出版人の責任でもあった。

一九四五年以来、私たちは再び振出しに戻り、第一歩から踏み出すことを余儀なくされた。これは大きな不幸ではあるが、反面、これまでの混沌・未熟・歪曲の中にあった我が国の文化に秩序と確たる基礎を齎らすためには絶好の機会でもある。角川書店は、このような祖国の文化的危機にあたり、微力をも顧みず再建の礎石たるべき抱負と決意とをもって出発したが、ここに創立以来の念願を果すべく角川文庫を発刊する。これまで刊行されたあらゆる全集叢書文庫類の長所と短所とを検討し、古今東西の不朽の典籍を、良心的編集のもとに、廉価に、そして書架にふさわしい美本として、多くのひとびとに提供しようとする。しかし私たちは徒らに百科全書的な知識のジレッタントを作ることを目的とせず、あくまで祖国の文化に秩序と再建への道を示し、この文庫を角川書店の栄ある事業として、今後永久に継続発展せしめ、学芸と教養との殿堂として大成せんことを期したい。多くの読書子の愛情ある忠言と支持とによって、この希望と抱負とを完遂せしめられんことを願う。

一九四九年五月三日

角川ソフィア文庫

はじめて楽しむ万葉集

上野 誠

遥かなる万葉の言葉の時空に遊び、恋に身を焦がした人びとに想いを馳せる――。額田王、山上憶良、大伴家持などの数々の定番歌をはじめ珠玉の恋歌・望郷歌・四季折々の歌を多数紹介。わかりやすい解説とともに瑞々しい情感をたたえた和歌の世界の豊かさ、美しさ、楽しさを味わう。思わず声に出して読み、暗誦したくなる歌に必ず出会える！「みんなの万葉集」宣言。

ISBN978-4-04-405405-2

角川選書

万葉挽歌のこころ

夢と死の古代学　上野 誠

愛しき人の死。その面影を胸に、万葉びとが作りあげた挽歌の世界とは。天智天皇の危篤・崩御・殯・埋葬を妻たちが歌った天智天皇挽歌群を丁寧な現代語訳で読みとき、光を影と呼び、夢で亡き人と出会う万葉の世界観を解明。死者を悼む歌が、帝の寵愛の深さを競う「戦いの文学」の横顔をもつことを描きだす。古代学の冒険にして日本人の死生観に迫る画期的万葉論！

ISBN978-4-04-703499-0

角川選書

遣唐使 阿倍仲麻呂の夢

上野 誠

大帝国・唐の重臣閣僚となった男、阿倍仲麻呂。科挙を突破し、希有の昇進を遂げた非凡な才は、新生国家・日本と、大宝律令の精神を体現する「知」そのものだった。唐を去る仲麻呂に大詩人・王維が捧げた荘厳なる送別詩。そして、ただ一首だけ残された仲麻呂の有名な歌「天の原」が秘める謎——。伝説の遣唐使の苦難の生涯をつらぬく夢を鮮やかに描きだす。画期的評伝！

ISBN978-4-04-703530-0

角川ソフィア文庫ベストセラー

ビギナーズ・クラシックス 日本の古典
枕草子
清少納言
編／角川書店

一条天皇の中宮定子の後宮を中心とした華やかな宮廷生活の体験を生き生きと綴った王朝文学を代表する珠玉の随筆集から、有名章段をピックアップ。優れた感性と機知に富んだ文章が平易に味わえる一冊。

ビギナーズ・クラシックス 日本の古典
おくのほそ道（全）
松尾芭蕉
編／角川書店

俳聖芭蕉の最も著名な紀行文、奥羽・北陸の旅日記を全文掲載。ふりがな付きの現代語訳と原文で朗読にも最適。コラムや地図・写真も豊富で携帯にも便利。風雅の誠を求める旅と昇華された俳句の世界への招待。

ビギナーズ・クラシックス 日本の古典
竹取物語（全）
編／角川書店

五人の求婚者に難題を出して破滅させ、天皇の求婚にも応じない。月の世界から来た美しいかぐや姫は、じつは悪女だった？　誰もが読んだことのある日本最古の物語の全貌が、わかりやすく手軽に楽しめる！

ビギナーズ・クラシックス 日本の古典
平家物語
編／角川書店

一二世紀末、貴族社会から武家社会へと歴史が大転換する中で、運命に翻弄される平家一門の盛衰を、叙事詩的に描いた一大戦記。源平争乱における事件や時間の流れが簡潔に把握できるダイジェスト版。

ビギナーズ・クラシックス 日本の古典
源氏物語
紫式部
編／角川書店

日本古典文学の最高傑作である世界第一級の恋愛大長編『源氏物語』全五四巻が、古文初心者でもまるごとわかる！　巻毎のあらすじと、名場面はふりがな付きの原文と現代語訳両方で楽しめるダイジェスト版。

角川ソフィア文庫ベストセラー

万葉集
ビギナーズ・クラシックス 日本の古典
編／角川書店

日本最古の歌集から名歌約一四〇首を厳選。恋の歌、家族や友人を想う歌、死を悼む歌。天皇や宮廷歌人をはじめ、名もなき多くの人々が詠んだ素朴で力強い歌の数々を丁寧に解説。万葉人の喜怒哀楽を味わう。

蜻蛉日記
ビギナーズ・クラシックス 日本の古典
右大将道綱母
編／角川書店

美貌と和歌の才能に恵まれ、藤原兼家という出世街道まっしぐらな夫をもちながら、蜻蛉のようにはかない自らの身の上を嘆く、二一年間の記録。有名章段を味わいながら、真摯に生きた一女性の真情に迫る。

徒然草
ビギナーズ・クラシックス 日本の古典
吉田兼好
編／角川書店

日本の中世を代表する知の巨人・吉田兼好。その無常観とたゆみない求道精神に貫かれた名随筆集から、兼好の人となりや当時の人々のエピソードが味わえる代表的な章段を選び抜いた最良の徒然草入門。

今昔物語集
ビギナーズ・クラシックス 日本の古典
編／角川書店

インド・中国から日本各地に至る、広大な世界のあらゆる階層の人々のバラエティーに富んだ日本最大の説話集。特に著名な話を選りすぐり、現実的で躍動感あふれる古文が現代語訳とともに楽しめる！

古事記
ビギナーズ・クラシックス 日本の古典
編／角川書店

天皇家の系譜と王権の由来を記した、我が国最古の歴史書。国生み神話や倭建命の英雄譚ほか著名なシーンが、ふりがな付きの原文と現代語訳で味わえる。図版やコラムも豊富に収録。初心者にも最適な入門書。

角川ソフィア文庫ベストセラー

更級日記
ビギナーズ・クラシックス　日本の古典

菅原孝標女
編／川村裕子

平安時代の女性の日記。東国育ちの作者が京へ上り憧れの物語を読みふけった少女時代。結婚、夫との死別、その後の寂しい生活。ついに思いこがれた生活を手にすることのなかった一生をダイジェストで読む。

古今和歌集
ビギナーズ・クラシックス　日本の古典

編／中島輝賢

春夏秋冬や恋など、自然や人事を詠んだ歌を中心に編まれた、第一番目の勅撰和歌集。総歌数約一一〇〇首から七〇首を厳選。春といえば桜といった、日本的美意識に多大な影響を与えた平安時代の名歌集を味わう。

方丈記（全）
ビギナーズ・クラシックス　日本の古典

鴨　長明
編／武田友宏

平安末期、大火・飢饉・大地震、源平争乱や一族の権力争いを体験した鴨長明が、この世の無常と身の処し方を綴る。人生を前向きに生きるヒントがつまった名随筆を、コラムや図版とともに全文掲載。

土佐日記（全）
ビギナーズ・クラシックス　日本の古典

紀　貫之
編／西山秀人

平安時代の大歌人紀貫之が、任国土佐から京へと戻る旅を、侍女になりすまし仮名文字で綴った紀行文学の名作。天候不順や海賊、亡くした娘への想いなどが、船旅の一行の姿とともに生き生きとよみがえる！

新古今和歌集
ビギナーズ・クラシックス　日本の古典

編／小林大輔

伝統的な歌の詞を用いて、『万葉集』『古今集』とは異なった新しい内容を表現することを目指した、画期的な第八番目の勅撰和歌集。歌人たちにより緻密に構成された約二〇〇〇首の全歌から、名歌八〇首を厳選。

角川ソフィア文庫ベストセラー

ビギナーズ・クラシックス　日本の古典
伊勢物語
編／坂口由美子

雅な和歌とともに語られる「昔男」（在原業平）の一代記。垣間見から始まった初恋、天皇の女御となる女性との恋、白髪の老女との契り――。全一二五段から代表的な短編を選び、注釈やコラムも楽しめる。

ビギナーズ・クラシックス　日本の古典
大鏡
編／武田友宏

老爺二人が若侍相手に語る、道長の栄華に至るまでの藤原氏一七六年間の歴史物語。華やかな王朝の裏の権力闘争の実態や、都人たちの興味津津の話題が満載。『枕草子』『源氏物語』への理解も深まる最適な入門書。

ビギナーズ・クラシックス　日本の古典
堤中納言物語
編／坂口由美子

気味の悪い虫を好む姫君を描く「虫めづる姫君」をはじめ、今ではほとんど残っていない平安末期から鎌倉時代の一〇編を収録した短編集。滑稽な話やしみじみした話を織り交ぜながら人生の一こまを鮮やかに描く。

新版 落窪物語（上、下）
現代語訳付き
訳注／室城秀之

『源氏物語』に先立つ、笑いの要素が多い、継子いじめの長編物語。母の死後、継母にこき使われていた女君。その女君に深い愛情を抱くようになった少将道頼は、継母のもとから女君を救出し復讐を誓う――。

ビギナーズ・クラシックス　日本の古典
うつほ物語
編／室城秀之

異国の不思議な体験や琴の伝授にかかわる奇瑞などの浪漫的要素と、源氏・藤原氏両家の皇位継承をめぐる対立を絡めながら語られる。スケールが大きく全体像が見えにくかった物語を、初めてわかりやすく説く。

角川ソフィア文庫ベストセラー

新古今和歌集（上、下）

訳注／久保田淳

「春の夜の夢の浮橋とだえして峰に別るる横雲の空 藤原定家」「幾夜われ波にしをれて貴船川袖に玉散る物思ふらむ 藤原良経」など、優美で繊細な古典和歌の精華がぎっしり詰まった歌集を手軽に楽しむ決定版。

新版 古事記 現代語訳付き

訳注／中村啓信

天地創成から推古天皇につながる天皇家の系譜と王権の由来書。厳密な史料研究成果に拠る読み下し文、平易な現代語訳、漢字本文（原文）、便利な全歌謡各句索引と主要語句索引を完備した決定版！

新版 古今和歌集 現代語訳付き

訳注／高田祐彦

日本人の美意識を決定づけ、『源氏物語』などの文学や美術工芸ほか、日本文化全体に大きな影響を与えた最初の勅撰集。四季の歌、恋の歌を中心に一一〇〇首を整然と配列した構成は、後の世の規範となっている。

紫式部日記 現代語訳付き

紫式部

訳注／山本淳子

華麗な宮廷生活に溶け込めない複雑な心境、同僚女房やライバル清少納言への批判――。詳細な注、流麗な現代語訳、歴史的事実を押さえた解説で、『源氏物語』成立の背景を伝える日記のすべてがわかる！

平家物語（上、下）

校注／佐藤謙三

平清盛を中心とする平家一門の興亡に焦点を当て、源平の勇壮な合戦譚の中に盛者必衰の理を語る軍記物語。音楽性豊かな名文は、琵琶法師の語りのテキストとされ、後の謡曲や文学、芸能に大きな影響を与えた。